新潮文庫

天の夕顔

中河与一著

天の夕顔

つれづれと空ぞ見らるる思ふ人天《あま》くだり来むものならなくに

和泉《いずみ》式部《しきぶ》

第一章

信じがたいと思われるでしょう。信じるということが現代人にとっていかに困難なことかということは、わたくしもよく知っています。それでいて最も信じがたいようなことを、最も熱烈に信じているという、この狂熱に近い話を、どうぞ判断していただきたいのです。

わたくしは一つの夢に生涯を賭《か》けました。わたくしの生れて来たことの意味は、だから言ってみれば、その儚《はか》なげな、しかし切なる願いを、どこまで貫き、どこまで持ちつづけたかということになるのです。ばかばかしいといって、人は、おそらく身体《からだ》をふるわしてわたくしの徒労を笑うかもしれません。それが現代です。しかしわたくしにとって、それは何事でもあり得ないのです。わたくしは現代に生きて、最も堪えがたい孤独の道を歩いているように思われます。

わたくしが初めてその人に逢《あ》ったのは、わたくしがまだ京都の大学に通っていたころで、そのころ、わたくしはあの人の姿を、それも後ろ姿などを時々見てはまた見失っていたのです。格別美しい人とも思わなかったのですが、どんな関係の人か、わたくしのいた素人《しろうと》下宿の、部屋の向うなどで、見えているかと思うと、またいつか見えなくなっているのでした。

間もなく、その人がそのうちの娘であり、今は結婚して誰かの夫人になっているのだということを知るようになりました。

ある朝、彼女はわたくしの部屋へ挨拶《あいさつ》に来ると、自分の夫が今、外国に行っていることや、間もなく自分はたった一人の母を失うかも知れんというようなことを話して帰りました。何か訴えるような悲しいものがあったのを覚えています。

その人の母親、つまり下宿の女主人が入院していることは知っていましたが、そんなに悪いということをわたくしは知らずにおりました。

そのうちにその人が死なれ、あの人は黒い喪服をつけて、泣きながら母親の葬列に従っているのでした。すべてが何か不思議に思われる、異様な状態で、短い間につぎつぎに起ったように思われました。

その前のお通夜《つや》の夜は、わたくしも一緒にお通夜をしましたが、その夜、あの人の一人の子供が、夜がふけてから座布団《ざぶとん》の上に頭をつけたまま眠ってしまって、それを見つけたあの人の叔母が、もう一枚、上からポンと座布団を、小さい身体の上にかぶせたので、本当の饅頭《まんじゆう》のようになった子供が、ひとしおあわれにみえたのを覚えています。

四十九日の観音講にも来てほしいというのでわたくしは出かけてゆきました。しかしわたくしなどにそんな集りのしっくり感じられるはずはなく、わたくしは間もなく帰ったのですが、すると、あとから供え菓子がとどけられ、儀式めいた手紙ながら、あの人の文章で、わたくしが他人さびず、母親の入院当時見舞に行ったことや、何くれと昨日今日手伝ったことに対する礼などが、達筆でしたためてあるのでした。

そのころのわたくしは、もうそこから下宿を変って、神楽《かぐら》ケ丘の近くの知人のうちに移っていたのですが、どういうわけか、わたくしにはその通り一ぺんに見える手紙がうれしくてたまらなかったのです。自分のしたことに単純な善行があったからかもしれません。しかし実は、そういうことほど恐ろしい悪魔を、いつも背後にひそませやすいものはないということを、あとで考えるようになりました。

わたくしはすぐ返事を書きました。あの人の悲しい気持などをいろいろと想像して。

すると、また手紙が来て、それには、生前、母がいつもあなたを讃《ほ》めていた。母の思い出をつなぎに、そちらへ参ったら、またお目にかかりましょうと書いてありました。

しかしわたくしたちは逢わなかったのです。わたくしは友達などと、時に頽廃《たいはい》を口にするほど、実は頽廃を拒否する強情さを持っている青年だったのです。そのうち、何かをきっかけに、郵便で、わたくしはあの人から本を借りたことがありました。何しろわたくしは、天体物理の学生で、そのせいか、趣味として女性のしたしんでいる文学ほど、そのころのわたくしにとって、ふかぶかと美しく思われるものはありませんでした。

それは翻訳の「アンナ・カレーニナ」で、読みすすんでゆくうちに、わたくしは丁度アンナが雪国の汽車からおりて来て、ウーロンスキーと不幸な、しかしこの世で最も喜びに溢《あふ》れた逢い方をするあたりで、小さい一枚の名刺を見つけたのです。

それは名刺とはいえない、ほんの紙切れといった方がいいかもしれませんが、普通の名刺を半分に切ったくらいの細いものに、見るともなく見ると、細い字で、「いつも逢《あ》いたいと思うばかりに」と書いてあったのです。

格別、わたくしに宛てたものであるはずはないのですが、わたくしはそれを幾度も幾度も眺《なが》めなおしました。

ところが、次に借りた「ボバリー夫人」にも、そんな栞《しおり》が入っていて、それには、

わすれじの行末《ゆくすえ》までは難《かた》ければ今日を限りの命ともがな――

という高内侍《こうのないし》の歌が書いてありました。

彼女が誰かに宛てたものか、誰かが彼女に宛てたものか、それとも彼女がわたくしに宛てたものかと考えあぐんだ末、少なくとも、それが自分に宛てたものでないことだけは、確かだと考えたのです。それは一切の誰に宛てたものでもなかったと考えるのが一等似つかわしく、そればかりか、誰ともわからぬが、むしろそこはかとない心を書きつけたものと考えると、ひとしおにその優しさが身にしみるのでし

た。そしてわたくしもまた、その紙切れのうしろに、誰に宛てるともなく、何か書いてみたいとさえ考えるのでした。

そんな状態のまま、わたくしは何かクサクサする別のことがあって、しばらくあの人にも手紙をださずにおりました。

すると、あの人から手紙が来て、それには何かお互いの間にわだかまりがあるのではないかしら、もしそうだったら打ちあけてほしい。二人の間に、どんな障害でも心にあるのはたえられないと書いてあるのでした。

わたくしはその手紙の意味をどう解釈すればいいのか了解に苦しみました。それで、それはどういう意味か知らしてほしいと、折り返して問いあわせの手紙をだしたのです。すると、そんならそちらへ行くことがあるから、その時お目にかかってお話ししましょう、と返事がしたためてありました。

丁度六月の末で、石榴《ざくろ》の赤い小さい花が、葉の中に見え、わたくしは試験の用意に忙しいころでした。王禅寺からの帰りみちだといって、あの人が立ち寄ってくれました。王禅寺はあの人がかつて参禅したところであり、また母親のお骨《こつ》を最近納めたところでもあったのです。

折りあしくわたくしは夕食の時間で、そのことを言うと、彼女は何か落着かぬらしく、それでもその間《あいだ》の待つ間《ま》にもと、わたくしから本を借りようとしたのです。わたくしは何を出したものかと、何か心ひけながら、幼い文学の本を出したのを覚えています。

わたくしが食事をすましてゆくと、彼女は嬉《うれ》しそうに立ちあがり、もう一度挨拶をしなおしてから座布団に坐《すわ》りました。しかしその時の彼女の顔は何か真っ青で、わたくしにはそれが不可解に感じられました。

「お顔が真っ青ですね」

するると、あの人はそれを説明するように、しばらくして言ったのです。

「わたくし、ルビーの石を落しましたもんですから。帰りみちで」

「惜しいことをしましたね」

「でも、なんでもないんですけれど、そのことは」

それから土産《みやげ》だといって、桜ん坊の籠《かご》を出し、話をしながら、まきかえし、くりかえし、ハンカチをもみもみしていました。そしてその日、彼女が話してくれたことは、自分の結婚は不幸ではなかったが、主人が洋行に出発した翌日、荷物を片づけていて、ふと日記を見ると、そこには主人が他の女を愛していたことが書いてあり、今もその女に追跡せられているために、その苦しみから逃げようとして外国に行こうとしているのだ、ということがわかったというようなことでした。

　言ってみれば、それは自分への愛情とも思われるのに、それから長い間、あの人はその事実に悩んでいたというのでした。外国へ言ってやっても、そのことについてだけは、ふれることが苦痛なのか、何の返事もくれないし、そうかといって何のしようもなかったが、今はやはり主人を愛そうと決心し、子供もあることであるし、どんなに夫が外国から長く帰って来ないでも待っていようと心にきめていたというのです。

　そんな時、丁度わたくしと逢ったのですが、弟のようなわたくしと交際することは、何か姉弟の親しさのように、この上なく幸福であったが、もし自分が、あなたを愛しだしているのではないか、と考えると、そのことに危険を感じだしたというのでした。

「それで、わたくしは」

　あの人は力を入れていうのでした。

「今はいいけれど、この上交際をつづけていると、わたくし、自分の立場が苦しくなりそうに思われて来ましたの。だから今日は、お別れにまいりましたの」

「何ですって」

わたくしは意外の結論に言葉がつまると、それでも率直に自分の心を言いました。

「僕は恋愛の気持はなかったつもりですが」

「でも」

「僕は友情と考えて来ました、だから今のままで決して危険はないと思いますが」

わたくしは彼女が、今日は別れに来たという最後の言葉に、少なからず狼狽《ろうばい》してつづけました。

「でも、わたくしはもう決心して参りました」

「…………」

「…………」

「そんなら僕たちは、もう、これっきりだとおっしゃるんですか」

「そう考えて参りましたの」

卓を隔《へだ》てて端坐《たんざ》している彼女には、何か威厳のようなものが現われ、堅い決意を述べるその強さに圧倒されて、わたくしは、もう何も言うべき術《すべ》も知りませんでした。

これが、わたくしが、彼女と逢って、彼女から突き離された最初でありました。しかし、そのために、わたくしは今に至る二十幾年、あの人のことを思いつづける運命を持つようになったのです。わたくしたちは生涯をかけました。これは、どうお話しすればよいのか。わたくしは、あの人を思う思いに、今もたえがたい命を生きているのです。

その日はもう暗く、わたくしたちは初めて、一緒に肩をならべて歩きました。ついぞ逢うこともなくて、こんな気持になっているのが不思議に思われました。もっともわたくし自身は冷静のつもりだったのですが。

それにしても、こんなに優《すぐ》れた人と結婚していても、他の女を愛するという男の心理を思って、わたくしは、それが考えの及ばない気がしました。その時あの人はふとわたくしに言いました。

「お背が高くていらっしゃいますのね」

何でもない言葉ですが、その中には、この一刻が、最初で最後であろうと、思いつめているあの人の激しい悲しみが溢れていたと、あとになって、わたくしには幾度も思われるのでした。

ふとみると、彼女も、女としては高い方であったが、それでもわたくしの肩の下あたりにあの人の髪が見えました。

熊野《くまの》神社前まで歩いてゆくと、丁度電車が来て、あの人は前から乗りました。動くまでじっと、わたくしは見ていました。燃えるような眼で、あの人もわたくしを見ていましたが、やがて電車が動くと同時に、深いお辞儀をし、間もなく電車が角を回ると、彼女は見えなくなってしまいました。

その翌朝、わたくしは封緘《ふうかん》ハガキの手紙をあの人から受取りました。

その中には――

わたくしはボンヤリしていたので電車に乗ったまま七条の駅から島原の方までつれてゆかれました。駅にたどりついて鏡に映った自分の顔を見た時は、真っ青で、自分ながらに今にも倒れはしないかと思われるほどでした。神戸のうちへ帰りましたら夜ふけの十一時。でもこのことだけは申上げまいと思っていましたけれど、ああ、今は、もう全部申上げてしまいます。本当にわたくしはいつの間にか、熱情をそそいであなたをお愛し申上げておりました。二十八の今日まで、あなたのような方にわたくしは、一度もお逢《あ》いしたことがありませんでした。どうぞこんなことを申上げるのをお許し下さいませ。わたくしは初め、あなたに歩調の乱れを見たら、すぐにも戒めようと、いつも考えておりました。それなのに、先にわたくしの方がだめになってしまいました。そればかりか、今となって、不自然な愛情というものを平生《へいぜい》から笑っていた自分の単純さが恥じられてなりません。わたくしは母を失い夫を失い、今は友情をも失ったように思います。でもそれはどうにもならなかったことでございます。わたくしがあの時、本をお借りしたのは、自分の心臓の激しさを隠すためでございました。またわたくしが青ざめていたのも、決してルビーのためなどではなく、最後のお別れを言おうとする決心が、わたくしをあんなに悲しませていたのでございます。でもわたくしはもう最後のお別れをいたしました。だからと思って何もかにも書いてしまいました。わたくしはどんなに自分に打ち勝とうと思ったでございましょう。わたくしはいつか自分が冷静な心をとりもどし、どこまでも美しい友情に終始して、あなた様を傷つけず、またわたくし自身も最初からの堅い決心を貫いて、妻として母として生きぬこうと、どんなに考えたかも知れません。しかしみな力が及びませんでした。それは今後のことはわからず、いつかいいお友達になれる日がないとも限りません。でも今、わたくしの内心の声は、電撃のように否《いな》と強く否定しております。それでわたくしは、もうお目にかかるまいと、悲しい今度の決心をいたしたのでございます。

この涙に咽《むせ》びながら書いたような手紙をよんで、わたくしはすぐ返事を書きました。それには――あなたは僕のことをまだ少しも知っていられないのです。よくよく近よって見てもらえば、きっとその心配も一掃せられるでしょう。僕はむしろそれを願っています。――と書きました。

しかしあの人からは、それっきりもう手紙も何も来なくなってしまいました。だからそれは決して愛の回り道ではなく、その決意の堅固さが既に感じられ、わたくしはそれを思うと、かえって急にあの人を追っかける心理に強く襲われるようになりました。

八月下旬の夕ぐれ近く、わたくしは、じっとしていられなくなると、あの人を神戸の端《はず》れの熊内《くもち》に訪《たず》ねてゆきました。あの人ほど燃えていなかったわたくしが、あの人にはもの足りなかったのではないかと、今はそんなことも考えられるのでした。

わたくしは傾斜の多い神戸の街を通って、布引《ぬのびき》の砂山《いさごやま》から東へかけて弓なりに彎《わん》曲《きょく》しているあたり、丁度その中に抱きこまれているような高みのところに出、それからガラス張りの洋風の家などのならんでいるあたりで、わたくしは、やっとあの人のうちの門札を見つけたのです。

するといつかの、あの人の子供が走って来たのです。

「廉《れん》ちゃん」

わたくしが覚えていて呼ぶと、

「ああ」

そして子供が、「お母ちゃん、人が来ているよ」と言ったかと思うと、家の中から格子《こうし》をあけたのが、あの人だったのです。華美《はで》な浴衣《ゆかた》があだっぽく、それでいて、いつか見た喪服の幻影が、その影につきまとってみえました。

二階に通されました。大阪の方の町の灯がチラチラと海の向うに見えました。それをあの人が指ざして説明してくれました。それは賑《にぎ》やかにみえて、はかなく、人間のいとなみというものを、大きい自然の暗黒の中で寂しげにまたたかせていました。

間もなく、廉ちゃんは紐《ひも》のついた浴衣に着かえさせられて、寝かされ、わたくしたちだけになりました。

「よくおわかりになりましたのね」

「どうしても逢いたかったもんですから」

「でも、わたくしはもう、堅く決心いたしておりますわ」

彼女の眼にはたえられない涙が光り、それでもその決意には、依然として動かしがたいものがあるように思われました。

「でも、わたくし、毎晩、初めからあなたの御手紙を出しては全部読みましたわ。読みなおさないと眠れなかったもんですから」

「じゃ、それを全部破ってしまいましょうか」

わたくしは彼女の決心に沿うように言いました。わたくしはそういう男です。決意ということの激しさを、人生の契機として、どんなことでもやりとげるという剛《ごう》毅《き》さを好む性格だったのです。

するとと彼女は楽しそうにその手紙の束を持ってきて、そこに置きました。そこでわたくしは取りあげると、あの人の面前で、それをつぎつぎに強く引きさいてゆきました。しかしひき裂くことに、彼女の心を引きとめようとする心理がなかったとはもちろん言えません。あの人はポロポロ涙を流しながら、それをジッと見ていました。

「一通だけでも」

低い声で彼女がそう言いました。しかしわたくしは、一通も残さずに狂暴な心理で、全部それをひき裂いてしまいました。

そうしてしまうと、今度はそのことから起る新しい感動を求めて、わたくしは帰りたくなくなったのです。あの人とても、もちろん帰られることは恐ろしかったのに相違ありません。

それでも終電車が無くなるので、わたくしは、やがて立ちあがるより仕方がなくなりました。

「じゃ、これで」

「じゃ、もう、これっきりですのね」

そしてあの人の部屋から階段におりようとした時、二人が向いあった時、あの人の身体に電気がかかったように、一瞬間、くねくねとしたのをわたくしは見たのです。同時にわたくしもそれを感じ、何か恐ろしいものが身体の中を走るのを感じました。

しかしわたくしは、間もなく身を翻《ひるがえ》すと、階段をおりてゆきました。二人はおそらくその時、理性を越えて、互いに飛びつきあいたかったのに違いありません。だが、それをしなかったというところに、むしろ我々の今日までの愛情の形式があったように思われます。

わたくしは狂気したような気持で、坂みちを走りながら下りてゆきました。あの人もあとからついて来て、阪神電車の大石まで、わたくしを送ってくれようとしました。真夏の夜もさすがに更《ふ》けて、涼んでいる人もなく、二人はほとんど口もきかずに、黙ったまま、歩きつづけました。ボーッとガス燈《とう》のともっている前へゆくたびに、後ろにあった二人の影が、急に早回りすると、それが急に前へ倒れ、足もとから、真っ黒に延びて行ったのをハッキリ記憶しています。わざわざ阪急の駅を選ばず、時間のかかる阪神の大石まで歩いてくれた事がわたくしにはうれしかったのです。

終電車が来ました。両方でお辞儀をしました。わたくしは手もふらず、じっとあの人を見つめておりました。それっきりでした。あの人の心はもうどんなにしても動かなかったのです。

第二章

それから二年。わたくしはあの人の言う通りにしていたのです。わたくしにはたえられないものがありました。しかしあの人の避けるものを、あの人以上に求めたり、誘惑しようとしたりすることはわたくしには出来なかったのです。わたくしはあの人の精神的な苦悶《くもん》がわかり、それを尊敬し、あの人の心を主にしてそれに従う事に本当の愛を見つけてゆこうと考えていたのです。

すると二年目の六月、突然あの人から手紙が来たのです。それには新聞で見たと言って、わたくしの父の訃《ふ》に対する哀悼が述べてあり、自分はやっと過去の境涯から出ることができたように思うと、半ば感謝のような心をこめて書いてあったのです。わたくしはそれを、父の死という不幸の中で、どんなに喜びにみちて読んだでしょう。わたくしは、すぐ彼女のうちへ行きました。そして言ったのです。

「御手紙いただきました。もう一度前のようにお逢《あ》い出来ると思って喜んで来ました」

「でも、あぶないことないかしら」

彼女はそう言いました。

「だが、お手紙には、昔の心境から脱したと書いてありましたが」

わたくしは嘆願するように言いました。

「でも、焼木杭《やけぼっくい》に火がつくということがありますわ」

それから続けて言ったのです。

「じゃ、いけないと思ったら、わたくし、すぐ逃げだしますわ。その時決してお引きとめにならないでいただきたいの」

それは優しい女ごころというよりも、何か求道者《ぐどうしゃ》の切ない心で言われているように思われました。

「よくわかりました」

わたくしは躍《おど》りあがるように喜んでそう答えました。こうしてあの人との再度の交渉が始まりました。二十三の夏の初めでありました。

それから幾度目かに逢った時、あの人はしみじみと話しだしました。

「わたくし、あなたを思い切ろうとして、どんなに苦しんだか知れませんでしたわ。でも、それはみんなだめでした。あなたがいつも坐《すわ》っていらっしゃった座布団《ざぶとん》の上に、あなたのお姿がいつも見えて仕方がありませんでした。けれど、わたくしは静かに苦しいわたくしの思いにたえてまいりましたの」

わたくしは、そういう話を聞く時、人間の愛情というものが、いかに克己によって神聖化せられ、美しくなるかということを感じ、そういう話を聞くにつけて、余計にあの人を崇高に感じるのでした。わたくしはあの人を普通の人間に引きさげて考えては、またそれがいつもできなくなるのでした。

あの人はわたくしよりも七つ歳上《としうえ》でした。あの人の複雑な心理は、わたくしなどには到底わからず、わたくしはどれほどあの人を尊敬し、そのたびに自分を反省し、自分をすなおにしたかしれませんでした。

わたくしも正直に言いました。

「僕もお別れしてから、どうかすると、もしかして、あなたが来て下さるようなことはなかろうかと、それはかり考えるようになりました。人力車がホロをかけて通ったりすると、あなたが、その中にいるのじゃないかと思って、わたくしは、すれちがう人力車を幾度ものぞき込んだり、前へ走って行って、乗っている人の顔を見たりしました」

向きあっている時は、そんな話を、それも平凡にあたりまえの口調でしか話さなかったのですが、しかしわたくしたちは、お互いの眼の中にお互いの宿命の暗示を既にいつも読んでいたように思われます。

いつであったか、それはいつもとは少し変った調子でしたが、あの人が言いました。

「お別れしてから間もなくのころでしたわ。わたくし、流行性感冒にかかって二週間ほどやすんでいたことがございましたの。熱が四十度を越えて、それが二三日も続いたことがございましたの。その時、わたくしはもし今死ぬんだったら、そう思うと、最後にどんな事があっても一目だけでも、あなたにお目にかかってから死にたい。誰に逢わなくても、あなたにだけはお逢いせずには死にきれない、とそう思って泣きながら遺書を書いていますと、階段の下に、あなたの足音が聞えて来て、ああやっぱりあなたが来て下さった。わたくしの最後の日にわたくしをお呼びになるあなたの声まで聞えてくる。そこでハイと返事をして、立ちあがろうとするんですけれど、膝《ひざ》が立たないので、にじりながら、慄《ふる》える身体で階段の上まで、やっとで行ったことが三度も四度もございました」

そういう話をしている時のあの人の顔は、一層その美しさが、燃えているように思われました。そして何か宗教的にさえ思われました。

わたくしはあの人の顔を見つめながら、そういう話をどんなに胸おどって聞いたでしょう。あの人の美しさ。それはもはやわたくしにはもう絶対的なもので、それ以上のものがあろうとは思われませんでした。かと言って、わたくしは、何も盲目的にそれを言っているとは思ってもらいたくないのです。というのは、少女時代の写真などに見るあの人は、決してわたくしには好きとは言えなかったのです。しかし今、わたくしの眼の前にいる、あの人は！

何よりも深遠で、情熱を含んだ静かな強さが、いつもわたくしを苦しくするほどに執着させるのでした。

どっちかというと、眉《まゆ》と眼の間が近く、頰《ほお》から顎《あご》へかけての線の美しさが、少し大きめな木彫のような唇《くちびる》と調和して、その横顔を何ともいえず気高くし、それが何かの動作で動くと、かえって今にもくずれそうな風情《ふぜい》を感じさせるのでした。

あの人の話声は含んだような低いアルトで、身体《からだ》つきには少しばかり思いあまったような猫背《ねこぜ》があって、ことに腰から下が長く、それらが何ともいえず女らしい姿に思われるのでした。

信州の上松《あげまつ》の豪家に生れて、女学校時代は東京で過したということであり、父親が熱心だったところから、自然幼いころから父親と一緒に参禅したりすることも多く、そのためかどうか、計りがたい奔放さと禅機のある反省が、ふっとして現われるというような性格でありました。

そういう関係で、結婚も王禅寺の管長を仲人《なこうど》にし、今も夫の留守の間、管長に逢うことを、一つの務めにしているというのが彼女の状態でありました。

「老師はいつもおっしゃるのよ。――愛欲の垢《あか》尽くれば道見ゆべし――って。でもわたくしには一体いつ道が見えるのかしら」

ある朝、早くからわたくしは自分の下宿を出ると、西灘《にしなだ》の、あの人のうちへ出かけて行ったことがありました。

「あら、今日はおいでにならぬかと思っていましたのに」

わたくしはそのころ、剣道にこって、その日は丁度その稽古日《けいこび》にあたっていたので、あの人もそれをちゃんと知っていたのです。しかし彼女はわたくしを見ると、嬉《うれ》しそうに、いろいろな菓子や果物を、つぎつぎにわたくしの前に出してくれて、

「わたくしも、京都へは幾度もまいりたいんですけれど。でもあの人がいるでしょう」

と言って、話しだしたのです。それは、彼女の夫の洋行費の全部を支出してくれているばかりか、彼女への心づかいも気にかけてくれているという、関西財閥の一人で、彼女は彼を徳としながらも、半ば恐れ、ことに気づかれて、わたくしと逢えなくなったら、といつもそれを心配していたというのです。

しかしそれは、そのことだけではなかったのです。もう一人彼女を愛している男があって、そのことをも同時に彼女は苦にしていたのです。

「外国からは郷里へ帰れと言って来ますし、それでもここにいられるのは、老師が近いという理由だけなんですけれど、実は老師のうちにも行きにくいことがありますの」

それは老師の三男で、このころ学位を取ったばかりの医者で、彼もまた彼女を愛しているということが、このごろになって分ったというのでした。

「でもいい方ですわ。わたくしが何かあやまちをして老師から叱《しか》られていても、あの人はいつもかばってくれましたわ」

わたくしはそんな話をきくと、何としても不安でたまらなかったのです。自分が逢わなかった間に、新しいそういう事態が、既に幾つか起っていることを聞くだけでも堪えられなかったのです。

しかしその後、その医学者は、彼女への愛情を老師に見破られて、人妻に対する不倫の愛情をひどく叱責《しっせき》せられた上、きびしい監視で外国へ追いやられ、しかし向うへゆくと間もなく、彼は睡眠薬をのみすぎて、過失の死を遂げたということをききました。

それはどういうふうに解釈すればいいのかわかりませんが、人は何によって死ぬよりも、その心の影に愛情があったと思われることほどいたましいことはありません。わたくしはいつもあの医学者のことを思うたびに、また自分の生涯の悲しみが思われるのでした。

　わたくしは彼女が夫との間の冷淡さにも拘《かか》わらず、そんなふうに幾人かの人に愛せられる理由がわかりすぎるほどわかり、しかもそれを拒絶しつづけているあの人を想像すると、わたくしはいつも心が悲しくなりました。それはわたくしだって彼女を一度も疑わなかったとは言いません。しかしそんな時、いつも自分の心の貧しさを悟るのが常でした。

　わたくしはその日、簞笥《たんす》の前で横になっていましたが、そんな話を聞いているうちに、ふと彼女を見失いはしないか、という不安に強く襲われると、わたくしは足ずりしながら、急に絶望的な気持になって、子供のように言ったのです。

「抱いて、抱いて」

　すると、あの人が、

「まあ、どうしたの、この大きい赤ちゃん」

　そう言って、わたくしの両手を握りしめ、それから、胸をおしつけるように、わたくしを横からいそがしく抱こうとしたのです。わたくしは彼女の頬に自分の頬をふれました。自然な、何の無理もない、これがわたくしの彼女に触れた最初でありました。心の昂《たかぶ》った興奮の中で、慄えながらわたくしたちは抱きあって名前を呼びあいました。

「でも、あなたは感情が強いから」

しばらくして、彼女は恐れるように間もなくわたくしを自分の胸から押しのけたのを覚えています。彼女の単衣《ひとえ》の着物が、痛いほどコワかったのが、今ではハッキリ記憶に残っています。

間もなくわたくしたちは外に出ました。一緒に歩きたいと考えたからです。と彼女が突然少し行ってから困ったように、

「どうしましょう」

と言ったのです。

「知った人が来ますわ」

「かまうもんですか。僕たちが、こんなに愛しあっているということを見せてやればいいじゃありませんか」

わたくしの心には、どんなことがあっても、再び彼女を失いたくないという切ない願いが湧《わ》いていました。だからわたくしはあの人が、果物を買いに行くと言った時も、たとえちょっとの間も離れたくなかったので、それをとめました。

わたくしたちは強く寄りそって、大石川のほとりまで歩いて来ました。そして橋がなかったけれども、そこを渡りたいと思い、二人はその用意をしました。向う岸の方が余計寂しそうに思われたからです。

彼女が先に裾《すそ》をからげて水に入りました。わたくしたちは手をつないでいました。小石の上を流れてゆく水の中で、あの人の足が白く魚類のように見えました。

永い間、浅いところを選《よ》って、二人は流れの中を歩きました。それからあの人は自分の足をハンカチをだして拭《ふ》きだしました。次にそれをわたくしに貸そうとしました。しかしわたくしはどうしたのか、自分のハンカチを出して拭いたのです。こういうことも今から考えると親和の中にあるわたくしのストイックな性格が、その頃から既に現われかけていたように思われるのです。

間もなく灌木《かんぼく》の藪《やぶ》かげにきました。

わたくしの好きな茂った木立が近くに見え、夕空がその向うに血のように染まり、海がそれを映して夕方のまぶしい光を放っていました。

それらの景色を見ながら、わたくしはあの人の右側に坐っていました。

いつの間にか夕焼が消えて、海が黒くなってしまうと、丁度暮れかかる前の、あの時刻の空気の色と気温とが、わたくしたちを包み、何ともいえぬ爽《さわ》やかな、一種不思議なもの懐《なつ》かしい感情を起させたのです。

じっと肩を並べたまま坐《すわ》っていると、わたくしはこういうことこそ、人の一生にいつまでも忘れられず心に残るのではないかと思われて来ました。

ああ、あの時、すべてが静まり返り、わたくしたちの近くの、大きい木も小さい茂みも、シーンとなって、わたくしたちは、わたくしたち二人だけを、非常な集中で意識しあったのです。わたくしたちは永久に離れないでこうしているにちがいない。そして流れている時間が、急にピッタリと止ったような気がすると、わたくしたちは永遠の中に住んでいるような気がしました。

わたくしたちの心の中に流れている静かな愛情は、もう完全に一つになっていました。こんなに一つになったと思うことが、人間の生涯の中に幾度あるでしょうか。

しかし、ふと、その時、こんなに近く坐っていても、いつか我々にも別れる時があるのかと思うと、急に悲しくなって涙が出そうに思われました。恋人たちの喜びというものは、その頂点でいつも悲しみを用意しているように思われました。

わたくしはその時、ふとあの人の足を見ました。それは素足でしたが、そこはかとない夕暮の光の中に、小さい指が奇麗に並んで、それは丁度女の姉妹たちが、肩を並べあっているように可憐《かれん》に思われました。

「さわらして下さい。あき子さん」

そういって、わたくしは彼女の名を呼んで強く少し乱暴に彼女の足に触れようとしました。彼女は急に泣きだしたかと思うような笑い声をあげると、

「くすぐったいわ」

と身体をもんで、それからそれに着物の裾を着せようとしました。

わたくしは、つづいて彼女の身体を抱きしめようとしましたが、そう思っただけで、そのまま抱かないで立ちあがりました。

もうあたりはほとんど暗く、あの人が蛇《へび》をこわがるので、わたくしはそれを逃げさすために、先に歩きだしました。わたくしは少年のように自分の強さを自覚し、拾った竹切れを持って、それを快活に表現するのでした。

やがてあの人は、道の端《はた》で夕顔の花を見つけると、それを摘みとるのでした。手に白い花がにじんで、それが夕暮の色を余計に濃くするように思われました。

「なぜ結婚なんかしたんです」

わたくしは、ふと唐突に運命というものに対する深い疑問を感じると、腹立たしげに、あの人に、そう尋ねました。

「まあ、びっくりしたわ。そりゃ、もっとあとから生れたらよかったんですけれど」

「あなたと一緒には永久に住めないのかしら」

「でも、そのうちに、あなたもきっと誰かと結婚なさることよ」

わたくしはあの人に、他の人との結婚を言われると、いつもきまっておそろしく腹立たしい形相に変り、歯をくいしばって怒り、睨《にら》みつけるのでした。

「でもあなたのような大きい方と一緒に住んだら、わたくしなんか、きっと押しつぶされそうよ」

わたくしは本当に頑丈《がんじょう》な体格をしていました。軍人のような規律と厳重さとを好んでいました。それでも何か神秘な力に襲われると、わたくしは歩きながら身体が喜びに慄《ふる》えつづけるのでした。

やがてわたくしは握りあっている手を離すと、首をまげて、彼女の唇に自分の唇を触れようとしました。しかし彼女は、

「いけないわ」

そう言ったのです。彼女の心には、なお許しがたいものがあったのかと思います。わたくしはそれが不満でしかたがなかったのですが、それでもそれ以上に求めようとはしなかったのです。

しかし彼女は間もなく言いました。

「わたくし何かだるくなったわ」

そこでわたくしたちはまたそこに坐りました。何か一つになろうとしながら、それのできないもどかしさが、かわるがわる二人の身体に、何かの感覚の変化を起さしていたのにちがいありません。

全く暗くなってしまって、彼女の夕顔は、いつかもう闇《やみ》の中に吸われてしまい、海からくる風が、単衣の着物に寒いくらいに吹いていていました。

「寒くはありませんか」

わたくしは、あの人の手を包むように取ると、それを自分の胸にあてました。動《どう》悸《き》が冷たくなった彼女の手を、衝《つ》きあげるように強くうちました。

しかし白い人が近づいて来るように思われたり、足音が聞えて来たりして、二人は間もなく立ちあがりました。

「いいのかしら、こんなにしていいて」

彼女は襟《えり》をかきあわせると、ふと自省するようにそう呟《つぶや》きました。

こんな状態で、二人は家の近くまで帰ったのですが、別れきれない気持で、また家から遠く離れてゆきました。

髪がくずれかけているように思われて、何かわたくしは彼女の頭に手をやろうとしました。その時、わたくしは女のように低い優しい声で、彼女に話しつづけていました。そして彼女の背中に手をかけるのでした。すると今度は、

「帯、とけそうじゃない」

そう言って彼女は、わたくしの手を避けて、帯の方へ自分の手をやったのです。

そこで、わたくしは少し向きの変った彼女の背中から手をおろすと、そのまま彼女の身体を自然に抱いて、そして二人は突然唇を触れあったのです。

空には琴座のベガが、十字になって青白く、月のように光り、わたくしが手を離すと、今度はあの人が、強く、もつれるように握りしめたのです。

「これでお別れになるんじゃないでしょうね」

ふと、わたくしは不安に襲われて言いました。すると、あの人は眼をうすく閉じたまま明らかに首をふって言いました。

「お手紙ちょうだいね」

わたくしは人が不倫のために自殺する感情がわかり、理性が人を導くよりも、熱情が人を動かしている場合を知りました。そしてそれゆえに罪に落ちた人々に溢《あふ》れる涙をもって同情し、この世の切ない願いを一瞬に縮めて追われながら死を急ぐ人の上に涙をそそぐのでした。しかしわたくしたちには、どうしてもそんな真似《まね》はできなかったのです。

「僕はいつかお金が一万円たまったら、結婚しようと約束した男と女の小説を読んだことがあります」

「わかっているわ」

「どういうふうに」

「それまで待っているうちに、どちらかが死んだというんじゃない」

「僕たちも……」

そう言いながら、わたくしは声がつまって来ました。

わたくしにはすべてのことが、なぜか、ひどく絶望的に考えられてきたのです。これが友情と言えるだろうか。友情だけで考えられるだろうか。いつか彼女が前に蒼《あお》ざめながら別れに来た時に、自分は友情だと言った。しかしこれはそれだけだろうか。わたくしは自分自身でも恐ろしい気がしだしたのです。

それから二三度逢《あ》った時、彼女は言いました。

「この籐椅子《とういす》におかけになって」

「どうするんです」

「どうでもいいのよ」

「わかった。あなたがあとでかけるんでしょう」

「ええ」

そして二人の気持は戯《たわむ》れあいながら、いつも無言の中で思っていることが、互いにわかりあっていたのです。しかしそれはあとから考えると、別れる用意のために悲しいことをしていたとさえ思われました。

そして、とうとうわたくしは、あの人からの手紙を受取ったのです。これが二度目の拒絶になってしまったのです。——わたくしたちは、またお別れするより仕方がなくなりました。——とその手紙は書きだしてありました。

こういうことになるのを、どんなに恐れていたかしれないのに、またこんなことになってしまいました。今、夜の三時、わたくしの眼の前には、あなたの少年の時のお写真が置いてあります。さっきから幾度わたくしはそれを頬に押しあてたことでしょう。さんざん考えたあげく、もうお逢いすまいと、ずっと前、決心してお別れしたのに、それでもお逢いせずにはいられなくなって、自分と自分を欺《あざむ》いて、自分の心が平静に帰ったと思っていたわたくしをお察し下さいませ。でもお逢いしてみると、たちまちわたくしの心は切なく、苦しく、それはどうすればよいのかわからなくなる一方でございました。

思えば二年間して積みあげたわたくしの心も、ほんの三四度お目にかかるうちに、もうあとかたもなく、うちくだかれてしまいました。わたくしのこの心の弱さをどうぞお笑い下さいませ。でもこの数週間お目にかかれた日々、それはどんなに嬉《うれ》しかったでございましょう。でも一日おくれればおくれるほど、どうにもならなくなりそうなわたくしをお憐《あわれ》み下さいませ。

それに対してわたくしの送った返事は、別れがたい、どんなに考えても、そんなことはできないという心の真実でした。あの人のためなら、全生涯の幸福と名誉とを犠牲にしても少しも惜しくはない。ただあの人のモラルが悲しく、しかもそれがあの人を、一層美しくしているということをわたくしは嘆いて書きました。

それに対して、もう一度あの人から来た手紙には——

こんなことを申上げてよいかどうかわかりませぬけれど、ほんとうにあなた様からお手紙がまいりますのを、どんなにわたくしはお待ちいたしておりましたでしょう。でもお手紙を拝見して、わたくしは心やすらかに旅立つことができるように思われます。未練がましいことながら、昨夜もわたくしは十二時まで窓に腰かけて考えておりました。海の景色はいつものように悲しく、わたくしはしまいには、なにも自分が判断できなくなるのを感じました。

ただ今のわたくしに考えられることは、昔の高僧の逸話などで、子供に対して、夫に対して、またあなた様に対して、自分の不甲斐《ふがい》なさが、わびられるばかりでございました。

それにしても、今日まで、魂をうち込むものに出合わなかったので今こんなことが、わたくしに与えられたと思うと、それが試練に思われて、わたくしたちの運命が一層嘆かれてなりません。何というそれは残酷な試練でございましょう。わたくしはもう幾度、死ということを考えたでしょう。でも周囲ということを思って、わたくしは自分の自棄を戒めました。ただ胸にあまって思われることは、あなた様のお心を思うと、こんな決心も、わたくしだけの勝手と考えられて、それが一層苦しくたえられなくなるのでございます。とは言うものの、誰かに自分の心を察してもらいたいと願ったりするのも、所詮《しょせん》は自分の心が甘いせいだと考えなおすと、わたくしはやはり、わたくしらしく生きるより仕方なくなってまいるのでございます。

今はただ、いつの日にか、ふとしてお目にかかることができて、昔語《むかしがたり》ができたらと、それのみが空想せられるばかりでございます。

さっき窓に腰をかけていますと、丁度十一時ごろ、月ののぼり初めるころ、三味線の音が聞えて来て、それは清元でございましたが、それを聞いていると、いつになく、わたくしはやさしい、ふっくりした気持になって、本当に自分がすなおになってゆくのを感じました。人間の弱さということを考えると、ふと今こんな苦しい思いをしていることが偽善のように思われて、今宵《こよい》ばかりは、自分の女ごころを知ったような気持さえいたしました。どうぞわたくしのこの矛盾にみちた考え方をお許し下さいませ。

いくら書いても書ききれませぬ。今の別れがたい気持のように、これが最後と思うと、筆をおくことさえが恐ろしいように思われます。

ああ、でも、たとえ一生このままになってしまいましても生きている限り、わたくしはいつもいつもあなた様のことをお祈りいたしております。それがせめてものわたくしの慰めです。どうぞ今後、お友達をお選びになる時は、わたくしのような罪深いものはお選び下さいますな。もうあなた様にはお目にはかかるまい、手紙もさしあげますまいと思っていても、あなた様の御住所だけはいつも知っていたいわたくしの悲しい心。

そして手紙の余白に、

今はただしひて忘るるいにしへを思ひ出《い》でよと澄める月かな――

と建礼門院右京大夫《けんれいもんいんうきょうのだいぶ》の歌がつけ加えてありました。

わたくしは身もだえし、声の限りで号泣しているあの人をありありと見る思いがしました。地上における最も悲しいことが、彼女の手紙にいっぱいしているように思われました。

しかしそれっきり、あの人はもうわたくしから姿を消してしまったのです。

わたくしはその後彼女のうちの近くへ幾度も行きました。そして長い間立っていたり、声をかけたりしました。しかし戸をしめたまま彼女のうちからは何の答も得られなかったのです。

初めのうち、わたくしの場合は、彼女ほどではなかったかもしれません。しかしかえって今のわたくしは、そんなに悲しんでいる彼女よりも、もっと悲しく、彼女が求めるよりも、もっともっと強く彼女を求める感情にたえられなくなっていたのです。

わたくしは幾度、彼女の周囲にある机や、椅子や、座布団《ざぶとん》のようなものまでを羨《うらや》んだでしょう。いつも彼女の近くに存在できるという、たったそれだけの意味で、わたくしは悲嘆のために次第に食欲がなくなり、睡眠ができなくなり、悲しみにたえられなくなると、幾度もフラフラと彼女の家の近くへゆきました。わたくしの顔は蒼ざめ、わたくしの身体は次第に瘦《や》せてゆきました。

第三章

しかしわたくしの心にもまたあの人と同じように自分に打ち勝つことを美徳とする精神があったのです。逢《あ》いたい。しかしそうすることはあの人に苦痛を与える以外の何事でもない。

もし運命が許しているのなら、自分たちは必ずいつか逢えるにちがいない。もしそれが真実の愛ならば、それは生涯を貫き、忍耐を教え、絶望をも死をも追っ払わすにちがいない。そしてわたくしもまたどうかして彼女から離れようと心を励ますようになりました。

わたくしはすなおな健康な青年として育ちました。そしてわたくしは常に誠実と克己と勇気とを美徳として成長しました。わたくしは彼女を愛することに何か背徳を感じると、剛毅《ごうき》な心で、運命を自分の味方にしようとしたのです。あの人に結婚を破壊する決意がない以上、わたくしがそれを求める権利はなかったのです。人は愛したからといって決して一緒に住めるものではないということを、その時ほど感じたことはありませんでした。そしてこれが人の世のおきてであろうかと、わたくしはそのたびに自分を鼓舞しました。

わたくしは一人山上にのぼり、真夜の空を見ながら、この寂しさはしかしこの地上だけではなしに、宇宙そのものさえ、その通りではないのかと思ってみるのでした。わたくしが教室で教わった星々さえ、じっと見ていると、激しい悲しみに嗚咽《おえつ》しながら回転しているように思われてくる。あの赤く燃えている火星、あの星もかつては母なる太陽と一体であったはずなのに、母自身の身をこがす激しい熱情にふりもぎられて、今は母なる太陽さえ見えぬ暗い夜空を一人寂しくさまよっている。母への思慕に身をこがし、心の抑制に泣きつづけながら夜空の中にかかっている。しかも母なる太陽も夜を求める嘆きにうちふるえ、悲しみに堪《た》えながら天の軌道を守っている……

それは丁度わたくしとあの人のように、昔の一体を思わして、今の切なさを深くするのでした。わたくしは天体の嗚咽に幾度となく聞き入ってそこに立っているのでした。

しかし間もなく大学を卒業すると、わたくしは沼津の連隊に入営することになって、わたくしはわたくしの生活を一変させてしまいました。そこは絶対の権力に服従するところで、そのためにわたくしは身体を疲労させ、精神の悲しみを、何か別の現実的な力に向けて、自分が救われるのを感じました。

それでも、わたくしはこんなに隔たったところにいながら、彼女の幻影に襲われ、幾度似た人を見付けると、彼女かと思って、いそいで前へ回って、それとなく確かめたかしれませんでした。

そのうちに兵役をすますと、わたくしは間もなく、近くの富士山麓《さんろく》の気象観測所の所員に任命されたのです。しかし、身体がひまになるとわたくしの憂愁はまた始まり、わたくしは何か沈鬱《ちんうつ》な性格を、前よりも一層加えるようになりました。

そのころ、わたくしのいた下宿は、ある神官のうちで、わたくしはそこからあの人にまだ手紙を書きつづけて居たのです。もちろん返事など少しも来なかったのですが、わたくしはそこの階段に腰をかけて、待つともなく、彼女の手紙を待つような時がよくありました。

それは何か病気あがりのような、高熱のあとのまだ熱のとれきれないような、動作の鈍い無口な人間――、わたくしの寂しさは、そんなふうにわたくしを次第にしようとしていたのです。

すると、そのうちの隣に娘がいて、彼女はわたくしの前を通りかかったりする時、寂しそうなわたくしを見ると、「また腰かけて」とにらむように叱《しか》ったりするのでした。

彼女は無邪気に、わたくしを自分の友達のように心得て、そして日本髪に結ったりすると、「今日の鬢《びん》少し後ろへひいていない」とか、「お角力《すもう》みたいじゃない」な

どと、わたくしに批評を求めるのでした。わたくしは重い瞳《ひとみ》をあげて彼女に答えようとするのでした。時によると、

「この半襟《はんえり》どう、似合っている」

とはなやかに笑ってみせたりするのでした。

それは細い奇麗な声の子で、何か寂しいところがあり、歳《とし》を聞くと、わたくしより少ししかちがわぬというのに、それでも箪笥《たんす》の前で、子供のように両足を上へあげて、寝ていたり、そうかと思うと、父親が植木の手入れをしていると、それを菓子を食べながら眺《なが》めたりして、それがいかにも子供らしく見えるのでした。しかしわたくしがそういうふうな眺め方をしているということは、既に彼女を愛しかけていた証拠かもしれず、わたくしはあの人がいい人と友達になれと幾度か言ったことを思いだして、彼女にその言葉をあてはめてみるのでした。

わたくしは裏口へ出ると、よく娘のうちへ行きました。すると彼女は洗濯《せんたく》しながら、時々わたくしの顔も見ないで、こちらの返事などはどうでもよく、自分のことばかりをしゃべるようなことをしました。

雪の晩にクンクン鳴いていた犬があってそれを育てたのが今のレオだとか、この

犬と一緒にいると犬の心がわかってくるとか、さきもあともないような話をわたくしにしかけました。

わたくしは彼女の存在を谷川のせせらぎのように思い、聞いても聞かぬでもいい自然の音楽みたいだと考えることがありました。

それはあの人とわたくしとの交渉に比べれば、ずっとあわあわしく、まるで単純なものにすぎなかったのですが、わたくしはこの娘の中にある一つの美しい魂をみているのでした。

それは比較なんて決してできないほど、あの人は、わたくしにとって、絶対的で永遠的だったのです。しかしこの娘にも、何か清新なものが感じられて、たとえば彼女が、新しい下駄《げた》をたくさん持っていて、それを部屋の中で、はいて遊んだりしているのを見ると、何か可憐《かれん》な気持がするのでした。それはあまり外出できないかららで、そうすることに彼女の無邪気な喜びがあるらしく感じられるのでした。そしてその趣味も、決してけばけばしくはなく、優しさのあるもので、何か寂しいものさえわたくしに感じさせるのでした。

欠点はこちらのことが少しもわからぬことで、ゲーテの最初の恋人、マリアーネをわたくしは彼女にあてはめてみるのでした。というのは、わたくしはそのころ丁度ゲーテを読み、彼の悲しい心にたえられない同感を覚えていたからで、そしてわたくしは、ゲーテがマリアーネにしてやった小人のお姫様の話を、彼女にもしてやりたく思ったのです。

それはある男が可憐な小人の姫君を愛して、彼女に結婚を申込んだ。すると姫君が言うのには、あなたがわたくしのように小さな人になって下されば……そして彼に一つの指輪をくれた。そこでその男は小人になって姫君と一緒に生活を始めたが、悲しいことには姫君は少しもこっちのことがわからなかった。それでその男は、とうとう鑢《やすり》で指輪をすり切ると、再び普通の人間に帰った……

わたくしはこの娘が、丁度小人のお姫様のように思われて仕方がなかったのです。その無邪気さには愛すべきものがあったものの、いつがくればこちらの気持に添えるようになるものか。歳《とし》がゆけばそれは消え去るにちがいないと思っても、それが自意識をくぐっていないだけに、何か不安を感じさせたのは言うまでもありません。

しかしわたくしがその娘を愛しだしていたことは事実で、わたくしはよく、人前もはばからずに彼女を愛撫《あいぶ》したりしました。

その家は丁度神社の裏側で、縁の向うには竹藪《たけやぶ》があり、雨の日には孟宗《もうそう》の波うつのが陰鬱《いんうつ》に見えました。わたくしはその竹藪を見ながらそこで彼女に逢ったことを思ったりするのでした。

しかしそのうちに、娘の両親がわたくしに結婚をせまり出したのです。というのは、わたくしたちはいつの間にか肉体的になって、その誘惑の中にいたことを気付かれたからです。かといって、わたくしは少しも結婚しようなどという気持はなかったのですが、彼女の兄に、丁度この町で医者をしているのがいて、ある日彼女をつかまえると診察して、

「君は僕の妹を穢《けが》していいと思っているのか」

と激しく突っかかって来たのです。

「けがしたって」

わたくしは嚇怒《かくど》して反問しました。

「君の方が誘惑したのは言わんでもわかっている」

「だが、こういう問題に対して、そんなふうに脅迫がましく言われるのはよしてもらいましょう」

「結婚する気か、しない気か。まずそれから聞かしてもらおう」

「そのことなら、僕は結婚しようとは思っていません」

　わたくしはその時までハッキリとは考えていなかったことを、そんなふうにハッキリと答えたのです。

「何だと、じゃ俺は君を訴えてやる」

　わたくしの心は普通以上に、何か怒りに燃えていたのです。わたくしに責任はありました。しかしわたくしは何となく不服を感じていたのです。肉体的になったかたと言って、それも一つの遊戯だったとしてみれば、そのために子供もできていない以上、二人だけで解決してできないことはない……

　ところが、そういう時の彼女は、初めてみたのですが、わたくしにとって、ひどく物足らず思われたのです。その時、彼女は隣の部屋にいたはずなんですが、うんともすんとも言うではなし、兄が帰って行った時も、彼女は確か髪をすいているというありさまで、わたくしは何とも味気ない気持になったのです。そういう性格の女ということは初めからわかっていても、もっとも両親や兄弟たちに叱られると思ってたかも知れないが、それが可憐に思われる以上に、わたくしにはひどくもの足らなく思われたのです。わたくしがもし彼女だったら、わたくしは転《ころ》げ出て行っても、男のために弁解したにちがいない……

それでも腹の底では、これは結婚しなければなるまいと、わたくしは考えているのでした。結婚とは、常にかくの如《ごと》き間違いを必要とするものかもしれない。考えてみればこれだって世間の結婚に比べて自然でないことはない。

しかしその時、わたくしはふと別れたきり、もう五年になるあの人のことを考えたのです。あの人にこのことを相談してみよう。あの人こそわたくしにとっては全知識である。あの人が同意してくれさえしたら、わたくしは決心しよう。それを思いついた時、わたくしはどんなに助かった気がしたでしょう。

わたくしは神戸に手紙をだしました。是非お話ししたいことがあるから逢ってほしい。重大なことで今判断に苦しんでいます。

すると、あの人から返事が来て、それには来ぬ方がよい。この上あなたにお目にかかることは恐ろしい。どんなに自分は煩悶《はんもん》するかもしれません、と書いてありました。あの人はわたくしと逢うことにはもう懲り懲りしていたのに違いありません。

しかしわたくしは、この思いつきを、もう実行せずにはいられなかったのです。

この自分の結婚に判断を求めるという公明な理由で、彼女に逢いにゆくことが、どうして思いとどまれるでしょう。

わたくしの二十七の夏でした。わたくしは昼の急行に乗りました。おそらくあの人も、手紙では断わりながら、既にわたくしが行く決心であることは、知っていたにちがいないのです。

ああその時の、うれしい感情は。数年来覚えなかったあの心の軽く飛びたつような気持は。それは長い間、ついぞとれなかった色濃い憂愁が一時に払拭《ふっしょく》され、嘘《うそ》のように魂の故郷へ急ぐよろこびでした。

わたくしはいちいち窓から首をだして駅の名を読みました。そして駅の数を勘定し、時計をだして時間を計算しました。わたくしは座席に坐《すわ》っていましたが、まるで汽車が翼をひろげて、たった一つの生きている目的に向って飛んでいるように感じました。わたくしは思慕の奔流に乗って、自分が走っているのを感じました。ああ、あの人の静かな美しい顔を、幾年ぶりで自分は見ることができるのかしら。あの人の声を。あの人の周囲にあるすべてのものを。

わたくしはできたばかりの海の匂《にお》いのする駅のプラットフォームにおりた時、たのしい、たのしい、これ以上の心の感動が、どこにあろうかと思いました。

明るい、人間の最も曇りのない、すべてを肯定する喜びが、自分の心にいっぱいしているのを感じました。

わたくしはベルを押しました。

すると戸があいて、あの人が言いました。

「まあ、やはりおいでになりましたのね」

その顔には既に平静な予知があり、少しの動揺さえ見せぬ覚悟が現われていました。

わたくしはお辞儀をするなり言いました。

「来てはいけなかったんでしょうか」

「いいえ」

あの人は静かに答えました。

わたくしはしかしこの人を正視できない面《おも》はゆさを感じていました。それは自分が肉体の陥《おと》し穴に落ちていたという自意識があったためです。

「暑かったでしょう」

あの人はそう言って、わたくしに団扇《うちわ》を出してくれました。わたくしはふと顔をあげると、堪えられない感情で、なつかしいあの人の顔を、眼を離さずに見つめました。

「お風呂《ふろ》に行っていらしたらどう」

何か許された感情になると、わたくしは手拭《てぬぐい》をもってあの人と一緒に外に出てゆきました。

わたくしはのびやかな気持で、風呂からあがると、暑い日中を、白雲のかかっている六甲の山のあたりを、昔の感情で眺めながら、さきに帰って部屋にあがっていました。

「あら、かえっていらしたのね。わたくし待っていましたのよ」

「少し長湯をしたもんで、きっとあなたは、もう帰られたと思って」

そう答えながら、わたくしはかつて味わったことのない満足が心のすみずみにまで拡《ひろ》がっているのを感じました。

しかし、彼女はわたくしが結婚の相談をすると、一瞬間、小刻みに身慄《みぶる》いしてから、それでも冷静に言いました。

「そんなことがあって結婚しないなんて、いけませんわ」

彼女の心は既に激しい慟哭《どうこく》の中にいるように思われました。しかしその決意は彼女自身のためにも、相手の娘のためにも、動かしがたい命令になっているらしく思われました。

彼女は間もなく言いました。

「早くお帰りなさい。その方がいいのよ」

それは威厳ある調子でありました。

「久しぶりなのに」

「でも、あなたは今、大切な時に立っていらっしゃるんですから。わたくしはあなたがいつも良心的で、弱い人間の味方になってあげになるように祈っておりますわ」

「何か僕に怒っていらっしゃるんじゃないんでしょうか」

「わたくしがですか」

そして彼女は狼狽《ろうばい》して自分を眺めて言うのでした。

「どうしてそんなことを。わたくし今やっと救われたような気がしていますのに」

それはどういう意味であったのかわたくしにはわかりませんでした。初めて良心の命令に従い得たという安堵《あんど》なのか、それとも自分が恐れていた誘惑からやっと逃《のが》れることができたという意味ででもあったのか。

その時、あの人は座敷の真ん中で籐椅子《とういす》にかけていました。わたくしはじっと見つめていましたが、懐《なつ》かしさにたえかねると、ひざまずいて彼女の膝《ひざ》から下を抱きしめました。あの人は無言でわたくしのするままに任していましたが、わたくしが立ちあがって、さらに上半身に触れようとすると、

「いけません、怒りますよ」

としっかりした口調で言ったのです。わたくしはその言葉の威厳に打たれると、もとの姿勢にくず折れてしまうより仕方がありませんでした。

今度は少しやさしい調子で言いました。

「早くお帰りなさいね」

そしてあの人は人力《じんりき》を二台呼びよせてくれたのです。しかしわたくしはそこに坐ったままいつまでも動きたくなかったのです。すると今度は彼女がわたくしの前にひざまずいて、それでも愛情にみちた追いたてるような身振りで言いました。

「さあ、早くお帰りになって。その人と結婚しておあげになっていただきたいわ」

わたくしは魂も裂ける思いで、心で嗚咽《おえつ》しながら、あの人の手をとると力をこめて握り、それから立ちあがりました。

そして仕方なしに、わたくしは俥《くるま》のところまで行きました。あの人の俥がわたくしのあとにつづいて、わたくしたちは、夜の道を、三の宮の駅まで、とうとう揺れながら行きつきました。

それから二人でちょっとした食堂に入り、ほとんど何も食べないで外に出て来ました。聞けば、あの人の夫は、間もなく帰るということであり、そのことも一層あの人を窮屈にしていたように思われました。

ああ、それにしても、あんなに喜びに燃えて行きながら、今こんなに寂しく打ち沈んで帰るのかと思うと、わたくしはもう堪《たま》らなかったのです。天国から牢屋《ろうや》に送りこまれるというのは、こんな気持であろうかと、自分ながらに自分が可哀《かわい》そうでたまらなかったのです。そしてその時のあの人は、何やら囚人を送ってゆく典獄のようにも思われたのです。

二人で暗い駅の中を歩きながら、これで帰ればもう再び逢《あ》う時はないだろうと思うとわたくしは足が鉛をつけたように重く、身体全体から力がぬけて、歩けなくなるのを感じました。ああいう時の不思議な人間の肉体に起る変化というものは、一体何でしょうか。

わたくしたちは狭い待合室の片隅《かたすみ》に並んで坐りました。そしてジロジロとみる田舎《いなか》の娘や老人の視線を避けながら、わたくしは小さい声で切なげに言いました。

「抱いてほしいんだけど」

しかしあの人は答えました。

「わたくしがあとで一層苦しいから」

そしてその声音《こわね》には、わたくしに対する思いやりの気持があふれ、それでいてせつなく断わるその心理が、その時のわたくしにはよくわかるのでした。

わたくしは二度繰り返して言ったものの、ついに自分の気持を殺すと、あの人の心の平静を守ろうとして、もう何も言わなかったのです。

間もなく改札が始まりました。しかし今は立っていられないまでに、わたくしは心魂を消耗しつくし、身体の重さのために歩くこともできず、やっとプラットフォームまで出たものの、黄色く塗られた構内の柵《さく》につかまって、じっとしているより仕方がなかったのです。

わたくしは混乱した頭の中で、彼女と初めて逢ってからのことを、一瞬間ひとつ残らず思いだし、泣いても泣ききれない悲痛が、胸にこみあげてくるのを感じました。

間もなく急行列車が勢いよく入って来ました。わたくしは動きようのない身体をひきずってほとんど夢遊病者のように、自分のコンパートメントに入ってゆきました。

わたくしは無意識のように窓をあけました。あの人が一間ほど向うに立っていました。紺に波の模様の縮緬《ちりめん》の浴衣《ゆかた》がボーッとかすんで。ああ忘れないために、わたくしは視力さえ失った眼で、あの人の顔を見ようとして、どんなに眼を見ひらいたことでしょう。

その時、汽車が動きだしました。すべてがこれで終りだというふうに感じられました。わたくしは自分がお辞儀をしたことは覚えていますが、彼女がしたかどうかは記憶になく、そのままガックリと自分の寝台に倒れ込むと、あとはもう何も知らなかったのです。これが悲しいあの人の三度目の拒絶だったのです。

第四章

それでもわたくしはあの人の意志だと思って、自分の部屋へ帰ると結婚することに意味をみつけたのです。たしかにあの人はわたくしの良心でありました。わたくしはすべてのわだかまりを捨てると、娘を呼んで、一緒に住むことを決心したのです。

もしかしたら、これでわたくしはあの人を忘れることができるかもしれない。わたくしの生涯はついしたら、これで切り変えられるかもしれない。自分は断じて、そうしなければならない。幾度もそう心を鼓舞しながら、わたくしはわたくしの若い妻のために、一切のものを買い与えてやるようにしたのです。

だが、わたくしは自分の趣味を重んじすぎたようでした。赤いものは一切つけさせず、わたくしの好みのままに彼女を装飾しようとしたのです。しかしこれは彼女にとっては明らかに不服だったらしく、わたくしは既にして、初めからその計画に失敗しだしていたのです。

ところが不運なことには、間もなく彼女は肋膜《ろくまく》になってしまったのです。それからの二年はわたくしにとっては介抱のための生活になりました。わたくしは転地について行ったり、病院に入れたり、親許《もと》へつれて行ったり、そういうことのために時間を費やしました。

わたくしは初め可哀《かわい》そうだと思い、しまいには、何か無理な夫婦の陥るこれが結末ではないかと考えるようになりました。

それでもわたくしは女中に任さないで、よごれ物なども、彼女の心を許って、よく洗濯してやったのです。洗濯しながらわたくしは幾度涙を覚えたでしょう。地上において最も愛した人と一緒に住めないで、わたくしは今こんな生活をしている。……わたくしはついするとそんなことを考えているのです。しかしわたくしはみじめだと思っても、それを良心と考えていたのです。わたくしは良心によって生きなければならない。そう思いながらも、つい心に浮んでくるのは悲しい歌でありました。

あこがれ知る人でなくて
どうしてわたしの悩みがわかろう。
すべての喜びから
引きさかれて唯《ただ》ひとり、
おおぞらをかなたへ遠く
ああ我を恋い我を知る人は
遠くかなたの空にいる。
この目はめまいし
この五臓はたぎるばかり。
あこがれ知る人でなくて
どうしてわたしの悩みがわかろう。

わたくしはマイステルの中のミニヨンの歌を口ずさんで、幾度自分を慰めたでしょう。
しかしとうとう、わたくしは病身の妻と別れることにきめると、彼女が幾らかよくなった時、実家へつれて行くことにしたのです。彼女が可憐《かれん》に見えたころのことは、今の状態にあてはめても考えられましたが、わたくしはもう何か堪えられない苦痛を感じだしていたのです。そして結婚というものに、懲り懲りすると、もう二度とこんなことはすまいと思ったのです。牛を馬に乗りかえるという言葉がありますが、わたくしはもう何にも乗りかえたくなかったのです。

苦しい結婚をしただけに、今は一層あの人が慕わしく、自分はあの人のためにこそ生き、あの人以外のことはもう何も考えまいと思ったのです。自分は魂の本然に帰りたい。それが自分に与えられた運命である。自分は一人で生きてゆくことを決心しよう、たとえあの人のすすめに従ったとはいえ、彼女以外の人と一緒に暮したことさえ、今は生涯の過失《あやまち》であったように思われる。わたくしの心には堪えられない憂鬱《ゆううつ》が再び訪れ、わたくしは快々《おうおう》として無表情に近い男になってゆきました。

それから三四カ月して、わたくしは東京に転勤するようになりました。わたくしの三十一の春でした。丁度あの人に初めて逢《あ》ってから十年の歳月がたっていました。ある日、電車に乗っていると、須田町《すだ》のあたりで、青い着物を着て伏目がちに何か思いだして一人笑いをしている人を座席の向うに見つけたのです。

わたくしはハッとしました。あの人だったのです。わたくしは何か自分たちが運命に呼びよせられたのを感じたのです。わたくしはつかつかと歩いてゆくと、その人の前に立ちました。

するとあの人は笑っていた顔を、そのままあげて、わたくしを見つめ、それから言ったのです。

「まあ、あなたは沼津にいらっしゃるとばかり思っていましたのに」

その言葉の中には、丁度大震災をその間に通過していたわたくしたちの間の、お互いへの懸念《けねん》があったのです。あの人の言葉には、わたくしが遭難してはいなかったかと心配していた苦しみと、今その不安から逃れられた安堵《あんど》の心がありありと含まれていたのです。

「僕はまた、あなたが神戸にいらっしゃるとばかり思っていました」

わたくしの眼には涙がたまっていました。それにしても、ああどうして、こんなにして我々は逢うことができたのだろう。

「偶然だったですね」

「ほんとに」

二人はそういったまま、次の言葉が出て来ないほど、感動しあっていたのです。わたくしは吊皮《つりかわ》につかまったまま、彼女をもう一度見ました。もう四十近くになっているはずの彼女には、前と変って、何か豊かな、世にもすぐれた人の、たおやかな美しさがあらわれ、それが一層わたくしに新しい献身を感じさせるのでした。あの人は青い麻の単衣《ひとえ》の上に、黒い単衣帯をしめ、それがあの人らしい毅然《きぜん》とした気品と大胆さとを感じさせるのでした。わたくしは、あらゆる運命のうちで、最も楽しいものを、完全な報いを、今こころの中に感じているのでした。

あの人に続いて電車を降りると、わたくしたちは近所のレストランに入ってゆきました。

「沼津にいらっしゃるとばかり思っていました」

腰をおろすと、さっき言った言葉を、もう一度あの人は、繰り返して独語《ひとりごと》のように呟《つぶや》いたのです。

その言葉が、どんなに彼女にとって重大であったか、あのころ、どんなにわたくしの安否を気づかって心痛していたか、わたくしはもう一度、それを感じたのです。そしてわたくしたちは、現実的には遠ざかりながら、魂的にはどんなに近くにいたかをハッキリと感じたのです。

わたくしは今、彼女がどこにいるのか、それを何よりも聞きたく思いました。しかしわたくしはその時ほど自然の運命というものを信じ、その摂理を思ったことはなかったのです。だからそれは聞かずとも必ずわかるにちがいないし、もし彼女の口から自然に聞けたらどんなにうれしいだろうと思ったのです。そこでわたくしは別のことを聞きました。

「どこへいらっしゃったんです」

「あの辺に漢方医があるもんですから」

「どなたがお悪いんですか」

「主人が少し悪いもんですから、外国にいる時からの胃で」

二人は向きあってソーダ水を飲んでいました。

それから外に出たのですが、新宿駅にくると、そこに立ったまま話がいつまでも尽きなかったのです。そしてわたくしはたった一つ聞きたいことがあって、それをやっと言いました。

「同じ気持を、やはりあなたは持っていて下さるんでしょうか」

わたくしは必死の気持で最後にききました。

巡査が二人のぐるりを幾度となく、ゆっくり歩きました。その態度には、女が救いを求めるのを待つような様子があり、わたくしたちにウサン臭いものを感じていたのは言うまでもありません。

しかしそれに対して、あの人はついに何とも答えなかったのです。しばらくして彼女は、

「でも男の方は何でも好きなことがおできになりますから……」

と微笑しながら呟いたのです。

それにしても何という心外、この長年の苦労の後で、この言葉を聞くとは。わたくしは眼の前が見えなくなるほどの嚇怒《かくど》に言葉も荒らげて、

「何ですって、僕をそういうありふれた人間にあなたは思っていられたんですか」

わたくしは叫ぶように言ったのです。わたくしの気持も知らないでそういうことの言えるこの人は……

わたくしは続けざまに、必死の弁明を早口に、次から次へと語ったのですが、それは激情に言葉が後から後から押し出されるばかりで、おそらくあの人にはよくわ

からなかったかもしれません。それでもあの人は自分の言いすぎに気付き、わたくしの真剣な言葉に驚くと、

「ええ、わかりましたわ」

と激《げき》しているわたくしをなだめると、わたくしが一息つく顔色を見るなり、ふりもぎるように小走りに、改札口を出て行ってしまったのです。

わたくしは一瞬間、夢から醒《さ》めたようにしばらくボンヤリそこに立っていました。それからわたくしはどんなにして自分のうちへ帰ったか少しも記憶がありません。しかしわたくしはどうしてもこれまでの自分の来《こ》し方をわかってもらわなければ納まらぬ気持で、翌日、あの人にもう一度逢おうと思って、漢方医にゆくという彼女を、朝早くから新宿駅に待ちうけたのです。

だが駅には潮のように八方から人が流れこんで来るので、それを充分に見張りすることは、事実としても、心理的にも、とても困難なことだったのです。しかしそんなことをして二日頑張《がんば》りつづけていましたが、わたくしはとうとう彼女を見付けることができなかったのです。そしてこれは漢方医を捜した方がいいだろうと思いだしたのです。

そして三日目にはわたくしはすぐ須田町のあたりに行って、あの辺の乾物屋に入って行ったのです。

「この辺に漢方医はないでしょうか。年寄りが何でもこの辺にあったというもんですから」

と、わたくしは咄嗟《とっさ》に思いついて尋ねたのです。しかしせっかく教えてくれたところも引越していたり、女の人が来ぬかと尋ねると、ウサンくさそうに、何のためにそんなことを尋ねるのかと反問せられたり、わたくしは八月の炎天の下を歩きつかれて、次の日にはとうとう発熱してしまいました。

だが熱に浮かされて寝ながらも、どうかしてもう一度逢いたいと必死に思いつめている時、奇跡のように、ふっと心の底に浮んだのは、八年前あの人が、自分の子供を甲陽中学に入れたと、たった一言いったその言葉だったのです。

人が恋愛に神を見るのは、畢竟《ひっきょう》こういう天啓のためと、普通できないことを恋人たちが、その情熱によってなしとげるという、あの不思議のためにちがいありません。

わたくしは八年前、何でもなく言われたたったそれだけの言葉を思いだすと、慄《ふる》える手ですぐ甲陽中学に問いあわせの手紙をだしました。すると、その学生は麻布《あざぶ》中学に転校したという知らせが来たのです。わたくしは非常な喜びに襲われながら、まだ充分しっかりしない足で麻布中学に出かけて行ったのです。するとその学生は、すでに四年生の時、一高に入学しているという事までがわかったのです。

そこでわたくしはすぐ一高に出かけてゆきました。そして、とうとうあの人のうちを突きとめたのです。

わたくしは幾日かかかって、今までの長い長いわたくしの生活のことをこまごまと書くと、それをふところに入れて、あの人のうちへ訪《たず》ねて行ったのです。

小田急の代々木上原でおりて、あの箱根土地が開墾している宏壮《こうそう》な分譲地を横ぎり、少しつまさきあがりにあがって、草の青々と茂っているあたりを少し捜すと、すぐあの人のうちがあったのです。

あまり高くない野生の松の木が一本。それは開墾の時残されたものらしく、葉の色が黒く、あの人のうちの屋根にかぶさっていたのです。

わたくしはちょっと立ち止りました。この間の別れぎわの様子からは、おそらく訪ねて行っても玄関も開けてくれないだろうと思ったからです。

しかしわたくしの姿を見ると、あの人は咄嗟に戸口の掛金を外《はず》して言いました。

「よくおわかりになりましたのね」

「はあ」

わたくしの心には表面に現わさぬ感動がいっぱいしていました。

「どうしておわかりになりましたの」

それは愛情が捜させたのです。それ以外の何ものでもなかったのです。しかしそれについて答えるにはあまりにせつない感情がありました。

わたくしたちは紫檀《したん》の机を中にして坐《すわ》りました。

丁度あの人だけで、庭の方はふかぶかと茂って、ラジオのかかる気配さえなく、何か静かさが屋内に溢《あふ》れているように思われました。

わたくしは書いて来た手紙を黙ってふところから出すと、あの人に渡しました。

するとあの人はそれを二度くりかえして読んでから言いました。

「わたくし無理をすまいと思っているんですわ。今となっては運命の摂理に任せることだけを考えておりますの」

「…………」

その時、一匹の白い猫が静かに出て来て、縁から庭石に飛びおりるなり、石の上に蹲《うずくま》っていつまでもじっとしていました。わたくしはそれを見ながら、非常に心の澄みとおるような気持になりました。

「わたくし、まだあなたにお目にかかることはできないように思いますの」

「…………」

その時、わたくしは何か恐ろしいものを感じました。あの人の声を聞きながら、それも耳に入らぬほど、何か恐ろしい心の通り魔が、別事《べつごと》をわたくしに考えさせつづけているのを感じたのです。それは、何か得体の知れぬ自分の苦悶《くもん》のようなもので、わたくしは氷のようなあの人の冷徹さにふれると、堪えられない悲しみと、突きあげてくる立腹とに顔までが熱くなって来るのを覚えました。

これほど思いに思いをこめて来ているのに……そう思うと、わたくしの心には突然狂暴な殺意が起ったのです。

わたくしは黙って長い間、彼女の言葉を考えこんでいました。ああわたくしたちの間は、初め彼女があんなに燃えて、今はわたくしがこんなにせつない思いをしながら、そして全部は終ろうとしているのであろうか。たった一日でも、半日でも、わたくしの心があの人のものでなかった時とてあっただろうか。わたくしを喜ばす地上におけるたった一つのものが、今は無残にこわされようとしている……

すると、あの人も、それがハッキリとわかったらしく、あの人は突然低い声で言ったのです。

「たとえ、わたくしは、この首が飛んでも、もうこの決心を動かそうとは存じません」

この言葉に、わたくしはハッと我に返りながら、一瞬、心がゆるむと、泣くに泣けぬ溜息《ためいき》が嗚咽《おえつ》のように胸から迸《ほとばし》り出るのを感じました。その時、わたくしの悲しみと怒りは、深い嘆きに変ったのです。こんなに無言の中で、ポツリポツリ言葉を交《かわ》しながら、お互いの心が、ありありと互いに読まれていることに、何か前世の宿縁のようなものを感じたのです。本当にあの人は、わたくしの殺意を、手にとるように今はハッキリと読みとっていたのです。わたくしの心はわたくし以上にあの人にはわかっていたのです。わたくしは決して一人きりではない。あの人はあの人自身苦しんでいることを、ほんのさっきも告白した。これ以上あの人を苦しめる権利がわたくしにあるだろうか。

わたくしはそう考えると、彼女の心にある苦悶が、その堪えきれないものが、一つの良心の姿となってわたくしを呼びつづけていることに気付いたのです。

わたくしは堪えようと思いました。どんなことがあってもそれ以外にわたくしの生きる道はない、そしてわたくしは今、わたくしが彼女から離れられないのも、畢竟彼女がわたくしの申し出を拒否しているからで、おそらくそれをそのまま受入れるような彼女であったら、わたくしはとうの昔に彼女に失望し、彼女を忘れていたにちがいない。彼女が道徳的であればあるほど、かえってそれがわたくしに一種の不道徳をいよいよ駆りたてているようにさえ思われる……

あの人はしばらくして、あわれむような眼《まな》ざしをすると、繰り返して言いました。

「どうしてあなたは人妻であるわたくしに求めなければならないんでしょう、それがわたくしたちを破滅さすことをお考えになれないのでしょうか」

わたくしはしばらく黙っていたが言いました。

「僕はいつまでもあなたを待ちましょう。あなたの心が自由になれるまで、僕はあなたが六十になられるまで待ちましょう」

「…………」

すると、あの人の全身は、こらえながら、自然の力で、かすかな痙攣《けいれん》になると激しく慄えだしたのです。

わたくしは眼を大きく見開いて、またたき一つせず、その間、あの人の顔を見つめていました。それはあの人らしく、声にも顔にも出なかったけれど、恐ろしい情熱が、なんと言っていいかわからぬ力で、あの人を感動させていることがわかったのです。

やがて彼女は慄えやまぬ膝《ひざ》に静かに自分の手をやると、低い声で言いました。

「わたくしはあなたのことをいつも祈りつづけてまいりました。けれどわたくしは、何かの摂理に従うよりほかに今は道がなくなっているのでございます」

「…………」

わたくしは立ちあがろうとしました。

緊張の極にいた対談が、一段落つくと、あの人の身体には、眼に見えて病身らしい疲労が現われ、帰りぎわのわたくしに対しては、別人のように、昔の一等やさしかった時の態度が、にこやかに出ていました。その時の彼女は思いなしか、若い時代よりも一層痩《や》せて、色が白くなっているように思われました。

わたくしは玄関におりました。と十幾年前の廉《れん》ちゃんが、今は大学生になって、丁度あのころのわたくしのように制服をつけてそこに立っていたのです。わたくしは何かわたくし自身を見るような気がしました。

しかしわたくしに対する反感か、それとも既に忘れてしまっていたのか、彼はわたくしに対して見向きもしようとしないで、玄関に入ろうとしたのです。

「竜口《たつのくち》さんですよ。おぼえている」

あの人がそう言いました。わたくしはその口調《くちよう》に安らかなものを見、母親としての彼女を今は昔よりさらに強く、何か新しい抵抗でそれを感じないではいられなかったのです。

玄関わきの松の枝に、外から投げ入れられたらしい英字新聞が、折りたたんだままかかっていました。

これが四度目の拒絶だったのです。しかしわたくしは彼女のうちから遠ざかりながら、さらに自分の愛情が試《ため》されているような気がしたのです。わたくしはいよいよ彼女から離れがたく、どんな犠牲を払っても、あらゆる幸福をすてても、そのためにこそ、自分は生きたいと思ったのです。わたくしはもちろん彼女に結婚を申込んでいるのではないのです。これほど愛していても結婚者が、さらにもう一人を愛せないということの窮屈な不幸に苦悶していたのです。おそらくあの人からいえば、わたくしはまだまだその資格ができていなかったということになるかもしれません。もしそうでなければ、この人生においてわたくしの願っているたった一つの簡単なことが許されないはずがない。わたくしは彼女に何ものを求めているのでもなかったのです。わたくしがすべてを彼女に求めるなんて、そんなことが許されないことは、既にわたくしの精神の中では、幾度か考えた果ての結論だったのです。言ってみれば、その結論せられた心の交通さえが、どこかで遮《さえぎ》られているのが、わたくしにはたまらなかったのです。

わたくしにはもはやあきらめようにもあきらめようがなく、地上における美しさを求めて、それが求めきれない悩みの中に陥っていたのです。わたくしは久しぶりにあの人に逢《あ》い、いよいよその存在の深遠さがわたくしを囚《とら》えてしまうのを感じたのです、人はおそらく笑うかもしれません。この荒唐無稽《こうとうむけい》の心理を。

本当は、わたくしはわたくしの生涯の初めに、あの人に逢わなかったらよかったのかもしれません。しかし今のわたくしはどんなにしてもあの人の幻からもはや離れることができなくなっていたのです。

わたくしは自分の下宿に帰ってから、それでも、あの人も自分も生きていたということを考え、それがうれしく、人間の運命というものを軽蔑《けいべつ》したくない気がしたのです。ただあんなに心燃えて愛しあっていた気持を、ああいう人さえが、あんなに虐殺《ぎやくさつ》してしまったのかと思うと、それが寂しく、それでも自分の心情を守りつづけて来た自分に一つの喜びを感じたのです。

それにしてもあれほどの恥辱と苦痛とを受けながら、なおますますあの人を愛しようとする自分の心を思うと、自分と自分で、自分の心根が可哀《かわい》そうに思われたのです。

第五章

わたくしは考えました。もし寂しさということが、自分に背負わされた運命なら、自分はその寂しさに徹しよう。たとえ荒涼とした山の中にはいっても、そこに自分の心の住家があるのなら自分はそこで暮したい、どんなに不自由をしても、どんなに孤独に陥っても、この世の冷徹無残の中にいるよりは、いっそ天に近いところに行って、自分のかなしい生命を終った方がいい。自分が学校で天体物理をやったのも、何かそんな運命を予知していたのかもしれない……

わたくしはそんな思いに駆られると、誰とも逢《あ》えぬ、とりわけ暮色蒼然《そうぜん》とした寂しい雪山の景色が眼にちらつき、そのありさまこそ自分の心の風景であるように思われて来たのです。何もかにも冷たく、氷りはててしまった世界。そここそ自分にふさわしい住みかにちがいない。もし許されるのなら、自分は戦場に行って痛烈な死に方をしたい。しかしそれができないのなら、天に近い清浄の雪の中に、自分の身と心とを置いて、自分は自分の思いを高めよう。

そこで死ぬことこそ自分にはのぞましい。そこ以外には、自分の住むところは既になくなってしまった……

わたくしは相当な門地に生れ、裕福な趣味の中で育ちました。しかし今のわたくしは自分の考えを、もうどんなことがあっても動かすまいと決心していたのです。

わたくしはある日、古着屋を呼ぶと、自分の着物や持物の全部を始末しようと考えました。もはや自分の服装を見てくれる人もなく、山の生活には、何一つ今までのものを持っている必要などなかったからです。すり切れるのがわかっているのに、古代切れの裏をつけてよろこんでいた薩摩絣《さつまがすり》の上下。青い微塵《みじん》の結城《ゆうき》。別染の長襦袢《ながじゅばん》――あっけにとられている古着屋に、わたくしは全部を捨てるように売り渡してやったのです。そしてわたくしは、いよいよ衣食住を簡単に、全部一人でできるように、自分を馴《な》らそうとしだしたのです。

わたくしは大きいテントを郊外の畑の中に張りました。そしてその中で生活し、山の中で暮すための準備を始めたのです。わたくしの心には既に剛毅《ごうき》なものが生れていました。人生の冷酷を転覆させようとする強い怒りのようなものが、不屈のものとして起っていたのです。ですから、間もなく冬になっても、わたくしは火にもあたらず、寒さのしみこむ布の中で、時には二百十日の激しい雨風に襲われながら、じっと雨具をかぶって坐《すわ》っていました。わたくしは一人そうしながら外の嵐《あらし》よりも自分の心の中には、もっと激しい嵐が吹いているのだと考えました。

そんな時、テントの幕は大きい音をたてて風にはためき、今にも吹きはがされそうになりました。わたくしはいつでも逃げだせるように身仕度をして、じっと眼をつぶっていました。

また月明の夜はテントの上を渡ってゆく月がありありと見え、わたくしの孤独がわたくしを眠らせなかったことも幾晩かありました。

それでもわたくしは始終わたくしの住もうとしている雪山のことを思い、自分の鍛錬をゆるがせにしなかったのです。

そんな時、たった一つ、わたくしの心の友達は、一挺《ちょう》の銃で、わたくしは銃床を肩にあてると、時々晴れわたった空に向って、飛んでいく鳥に鋭い発砲を浴びせたのです。そしてわたくしの願っていることは、いずれ山にはいったら、わたくしは同時に、山の獣《けもの》たちに死の恐怖と、生命の不安を与える、荒々しい憂鬱《ゆううつ》な猟師になってみたいということであったのです。

そしてわたくしは、休みの日には、奥日光の山にはいり、北アルプスの峰々に登り、山の研究を怠らなかったのです。わたくしは鷲羽《わしば》岳山頂で、下を流れている黒部源流が糸のように白いのを眺め、また立山《たてやま》の中の沢の雪渓を危うく渡りながら、幾度自分の寂しい生涯を思ったことでしょう。

わたくしは二年間テント生活をすると、三十五歳の十一月、いよいよ山にはいる決心をしたのです。

長い間愛する人を待っていて、ついにどうにもならなかった悩みをもって、わたくしはこの地上から去ろうとしていたのです。それは自分の狂気か、あの人のあやまちか、その原因はわからなかったけれども、人間と生れて、最上の運命に逢えないもどかしさが、とうとうわたくしをそこへ走らしたのです。

わたくしは高山線を古川でおりると、案内を雇って、越中《えっちゅう》の有峰《ありみね》をめざしてゆきました。それはかつてアルプスに登った時、そこが一等山深いところだと聞いていたからで、わたくしはこの世から最も遠いところに隠れたいと思っていたのです。

古川から一時間バスに揺られて、降ろされると、もう、そのあたりから、茅《かや》や、根曲り笹《ざさ》が、茫々《ぼうぼう》と茂って、何とも草ぶかいところになりました。

わたくしはすっかり身体の隠れてしまう草の中を長い間歩きながら、ここがついの住みかになるのかと思うと、幾度となく涙がにじみ出て来ました。それは一間前を行く男をさえ隠すほどの茂り方で、わたくしたちは茅を踏み倒しながら、泳ぐようにしてその中を歩いてゆきました。冬の初めで、もううそ寒く、秋の虫さえ鳴かなくなっておりました。

と、向うから草を動かして歩いてくる男がありました。草の上に現われている荷物の上に、見ると黒い刀が縛りつけてありました。

「よう」

「よう」

わたくしの案内人と、向うから来る男は、やがてそう言って懐《なつ》かしそうに挨拶《あいさつ》しました。

「君、ありゃ、ドスじゃないか」

わたくしは眼ざとく見つけると、案内の男に尋ねました。

「なに熊《くま》が出るさかいに、ぶった切る用心ですわい」

「出るか」

「やあ、出ますとも」

それから二時間ほど歩いて、わたくしたちは有峰に着きました。初雪が薬師《やくし》ヶ岳の峰にかかって、それが胸がすくように見えました。

わたくしはしばらく立って、じっと見ていましたが、猟師頭《がしら》のうちを捜すと、そこでリュックをおろし、相談するように言ったのです。

「僕はここで冬を越そうと思って来たんだがね」

「へえ、俺《うら》ら冬んなりゃ、みなここから下りてゆくちゃ。零下二十度じゃで、そんなら俺《うら》ちゃも、やってみるかな」

彼はそう言ってわたくしの考えを批判しました。

しかしそうやって二三日そこにいるうちに、わたくしは何か、この村に、落着かぬものを感じだしたのです。

それでわたくしは、さらにこの村の一山向うに、そこは飛騨《ひだ》の国になるのですが、山之村という僻村《へきそん》があるので、そこへ行ってみようと考えたのです。予想して来たところに落着けなかったことは、何か残念だったが、わたくしはそれから一里半歩いて、それから長い長い峠を越し、夕方やっとその目的地に着いたのです。

人の感じも何となく違って、全体の気風が柔らかく、山の形もスキーによさそうに思われました。

わたくしは例のごとく、まず猟師頭のうちに行って案内を乞《こ》いました。すると顔の長い乱杭歯《らんぐいば》の男が崩《くず》れかけた家から出て来ました。

「今晩ご厄介になりたいんだがね」

「東京から来《こ》られたんがけ」

彼は珍しそうにそう言って、わたくしを薄暗い土間へ入れました。

「ここで住んでみたいと思うんだがね」

「ほう、えらいこと考えられましたにえ」

そう言って彼はわたくしの顔をつくづく見つめました。

やがて夕飯の時が来ると、子だくさんのこのうちでは、継布《つぎ》のあたったモンペイを穿《は》いている十七八の娘までが、わたくしのぐるりでみな胡坐《あぐら》をかいて、食事を始めたのです。

翌日は朝早く起きると、わたくしはその辺を歩きまわりました。そして村から半里ほど離れた山の中に格好の場所を見つけると、そこに自分の小屋を建てようと考えたのです。

百姓片手間の大工や樵夫《きこり》が村から来て、柱をこしらえたり、板を挽《ひ》いてくれることになりました。そして十日間くらいでどうやら小さい山小屋ができたのです。

それからは冬の用意のために、わたくしは毎朝腰に鉈《なた》をつけて、薪《まき》を取りにゆくことにしたのです。雪が降りだしたら、それこそどうにもならぬので、心せわしいそれを厳重な日課にきめたのです。

いつも見えているアルプスの白い山々、小鳥の声、山の霧、そして勤労と新しい生活のためにわたくしの心はいつか明るく、何かの計画にまぎれていくように思われました。

森の中にはいっていくと、わたくしはなるべく下《さ》がっている枝をとりました。それは冬、雪の重さで恐ろしいように親木を裂いて垂れさがっている枝で、わたくしは少し登ってゆくといつもその折れ口に鉈を打ち込みました。そういう枝を持った親木に限って、たいてい自然に枯れているのが普通で、わたくしはそういう木々を見るにつけても、いつも山の木にもある痛ましさを感じるのでした。

やがてわたくしは、丸太ん棒を四五尺くらいの長さに切ると、それらを束ねて、背負子《しょいこ》につけ、土地の人間と同じような格好にそれを背負うと、自分の小屋へ帰ってゆきました。それから小屋の前で、それらをさらに鋸《のこぎり》で挽き、薪割りで小さく割ってゆきます。

わたくしはもう何もかにも忘れていました。そしてこれらの仕事に熱中しました。それは馴れてゆくに従って山の中で、最も楽しいものになってゆきました。

そして、やっているうちに、わたくしはいろいろなコツをしだいに発見し、鋸というものが思ったよりも腕力を要するものであることや、それを挽いていていつも苦しくなる頂上は、真ん中ごろであることや、そこをすぎると自然に切れていくことなどをいつの間にか会得《えとく》するようになりました。そしてわたくしはそれを自分の境涯にひきくらべて、今が最も苦しい時であろうかと、自分の身の上を考えたりするのでした。

薪割りもまたなかなかむずかしく、わたくしには剣道の素養があるはずなのに、初めは、どうにもうまくゆかず、ことに節のあるものや、ねじけたのや、太い根株などになると、何とも扱いかねて、わたくしは幾度地上に斧《おの》を打ち込んで斧がとれなくなったり、端を打って木を高くはねあがらせたり、自分ながらに自分の下手さにあきれることがありました。

しかし間もなく、一撃だけで、どんなに筋の通っていない木でも、パーンと、気持よく割れるようになると、それはとりわけ楽しい作業の一つになりました。

やがてわたくしはずくずくの汗になります。すると、やめて、その辺の枯草の中に身体を投げだすのです。

寝ていると、山の中の小鳥の声がどこからともなく聞えてくる。ある日、わたくしは天の音楽とは、こんなものかと思われるほど、美しい声におどろかされて聞き入ったことがありました。

上をみると、見かけない小鳥がいつの間にかたくさん集ってきて、しきりにわたくしの上で鳴いています。鶸《ひわ》のような声で、それよりももっと澄みとおって、それが何ともいえない調子でわたくしの心をうっとりさせます。

わたくしは寝ころんだまま、しばらくじっと観察していましたが、どうしても見わけがつかなくなると、銃を小屋に取りにかえるなり、ズドンと一発、上に向ってぶっ放したのです。

するとバタバタとわたくしの足許《もと》に、三羽ほど落ちて来たのです。それは鶯《うぐいす》みたいで、尾羽の端が赤く、栗《くり》や楢《なら》についている寄生木《やどりぎ》の赤や青の実をたべて、腹をいっぱいにふくらましているのです。

小さいその姿が、何とも可憐《かれん》で、わたくしが腹を押えると、食べたばかりの寄生木の実が、プツッとそのまま幾らでも出てきたりしました。わたくしは何ということなしに、なぐさみながら、生きものの一生を思って、自分までを客観しているのでした。

それから十日ほどしてのある日、二町ほど入ったところで枝をとっていると、今度は突然不思議な、半分恐怖心を起させるような、ウオー、ウオー、という声をわたくしは聞いたのです。それは何と判断していいか、さっぱり分らぬような声で、風の音でもなければ、熊の唸《うな》り声でもなく、しばらく聞えると、そのまま、ぴったりと止《や》んでしまったのです。言ってみれば山の神秘のようなもので、わたくしは半分襲われたような気持で、銃をうつ機会もなく、瞬間、無気味に立ちつくしていました。それはそののち猟師などに聞いてみてもわからないし、今だに何ともわからぬ声になってしまいました。

そういうふうで山の中は、いつも、神秘と労苦と素朴さとにみちて、わたくしの心を驚かし、わたくしの心を次第に変えてゆくように思われました。

そのうちに割った木が井げたに積まれて、次第に小屋の屋根より高くなってくると、間もなく寒さが一斉に襲って来だしました。

毎日のように新雪が降りつもってゆきます。山の中は次第に交通が途絶して、孤独の感情がいよいよ深まってゆきます。わたくしは板壁の隙間《すきま》に渋紙を張ったり、昔のテントの布《きれ》をその辺に打ちつけたり、想像以上の寒さに、今はその防御ばかりに心をとられるようになりました。

今は東京からの小包も四十日かかってやっと着くというありさまで、それも雪が深くなると、断絶してしまいはしないか、と危ぶまれて来ます。

朝眼がさめると、その辺じゅうが凍って、柱の裂ける音が聞えたり、床の上も土間も歩くとバリバリと鳴り、寒さが皮膚を刺すように感じられて、その辺のものすべてがピンピンと響きあうばかりに冴《さ》えわたって来ます。

雪は毎日のように降りしきって、一日も休みません。わたくしは来る日も来る日も、干し大根の味噌《みそ》汁ばかりをすすりながら、自分の孤独の決意を試そうとして幾度も身がまえするのです。

そしてわたくしは、千発の雷管と散弾三貫目と発火金とを用意して来ていたのですが、いよいよ周囲から切り離されてしまうと、いつどんな外敵の襲来をうけてもかまわないように、それらの整備と手入れに心を労しだすのでした。

しかし雪の中にいると、何よりも飲み水のことが心配で、しかも雪が深くなるにつれて、谷川から引いてある樋《とい》が、雪の重みで折れたり、ひっくりかえったり、うずもれたりするので、わたくしは間もなく、その注意ばかりに追われるようになりました。

わたくしは樋が雪にうずもれてしまうと、ちぢかむ手に息を吹きかけ、吹きかけ、雪の中を歩いていって、腰をいたくしながら、それらを根気よく毎日のように掘りだしてやらなければなりません。

わたくしは眼がさめると、枕《まくら》の上の頭がしんの方まで凍っているように痺《しび》れていたり、朝、戸をあけると、戸口に誰かが立っている幻影を見たりするようになりました。ああしかし、それは一晩のうちに、五尺も六尺も戸口の前に降りつもってい た雪で、わたくしはわたくしの精根をつくして、降りつもる雪と、その寒さに堪《た》え、それに対抗していなければ、そのまま死んでしまいそうに思われて来ました。

そして間もなく、わたくしは明けても暮れても、雪ばかりの中で、たった一人きり、話しかける人もなく、見るものもなく、そうなるとまた次第に心の奥底にあるあの人のことを思うより、その単調さを破るものがなくなってきたのです。

わたくしはただわたくしだけに木《こ》だまする雪山の中で、最も、激しい愛情を現わすあらゆる名で、彼女を狂気のように呼びつづけるのです。そしてそのことだけがわたくしに生きる力を与えるように感じだしてくるのです。

わたくしはふと眼をさまして、夜ふけの月が、真っ白の世界に降りそそいで、それが銀のようになると、その恐ろしさに身慄《みぶる》いを覚えたことも幾度かありました。

そんな日のある日、わたくしは一日スキーをして、小屋へ帰ろうとして、暮山《ぼさん》の雪に一人スキーの跡をつけながら、ふと自分はこうやって生きているが、本当の自分の家は地上のどこにもない。また誰一人自分を待ってくれている人もない。いまこうやって夕ぐれの風に吹かれながら歩いているところこそ、自分にとっての住みかでしかない。そう思うと、そこにつくばって、わたくしはワッと声をあげて泣きだしたくなったこともありました。

そしてわたくしの心の中にあるものは、どんなに自分を苦しめてみても、慰めてみても、やはり最後にはあの人にゆくより仕方がないということでありました。

わたくしは夜ふかく、隙間から来る風を恐れながら、炉火《いろりび》をじっと見つめながら、誰もいないのにきちんと炉端に端座して、今までの長い年月のことを思いかえしながら、熱い涙が自然に流れでるのを拭《ふ》きもしないで、こらえていることが幾度もありました。

わたくしはこうして凛然《りんぜん》とした寒さと寂寥《せきりよう》とに対立しながら、あの人をどんなに純粋に、そしてしまいには完全な神として、思い憧《あこが》れたことでしょう。彼女の存在はすでに私の心の中では神格化せられていたのです。

わたくしはどんな苦難に堪えても、彼女のかたわらで、ほんの少しの間でも幸福に、平和に暮したい。ほんの一瞬でもあの人と暮せたら、そのためにはどんな悲しい思いも、寂しい忍耐も、全部つぐなわれるにちがいない……

しかしふとわたくしは、あの人の死ということを考えると、身も世もあらぬ恐怖に襲われて、それは心の底からわたくしを蒼白《そうはく》にし、昏倒《こんとう》させるのでした。この雪の中にいて、もしその間に、余り健康でないあの人が亡《な》くなったりしたら——わたくしは、そう思うと、それがあまり恐ろしいことなので、その想像をかつて一度も正視できないで、そのたびにコソコソとその心理から逃げ出すのが常でした。

わたくしはあの人の死などは絶対に考えられない。自分の死は考えられても、あの人が死ぬことなど、どんなにしても考えられぬ。わたくしにとっては、常にあの人は不死の確かさを持っていなければならない。わたくしは幾度も幾度もそう考えてそれを信じようとするのです。

それでも、雪が余り重くつもると、わたくしはそれを屋根から落すために、すべてを忘れて働かねばなりません。

朝、眼がさめて、屋根のきしむ音を聞きつけると、わたくしはさっそくはね起きて、便所の屋根からあがって行って、四角い杓子《しゃくし》のような形をした木のスコップで、豆腐のように雪を切っては、それを下に投げ落さなければなりません。

わたくしはそういう作業をしながら、しかしそれはどんな極地にいる人よりも、高山のはてを見届けようとしている人よりも、自分の状態は悲しいと考えるのでした。どんな困苦の中にいても、寒さの中にいても、彼らにはいつもあたたかい家族と、そうでなければ称讃《しょうさん》が待っている。また助けあう友達がいる。しかしわたくしには何一つ待っている者も、ほんの少しの理解を与えてくれようとする人さえいない……

わたくしは時々カンジキを穿いて村に出ると、干し大根を買って来たり、室《むろ》に囲ってある馬鈴薯《ばれいしょ》をわけてもらったりして帰って来ました。それ以外には食べるものとてもなく、時々銃で兎《うさぎ》を仕止めるくらいのもので、わたくしの生活はいよいよ寂《せき》莫《ばく》と何か狂気じみたものを加えるばかりでした。

年があけてもそれから六カ月もしなければ青いものを見ることさえできません。それまでの長い長い冬の間は、ただ白い雪と、嵐《あらし》の叫び声と、わたくしを不安にする不可解な音ばかりで、さすがに堅固なわたくしの意志さえ、今はほとほと挫《くじ》けそうに思われてくるのでした。それは実際長い長い冬でした。そしてわたくしはついに敗北しそうになりながら獣《けもの》と同じような冬籠《ごも》りの後に、それでもふとある日、雪の中に鶯の声を聞いたのです。それはもう五月の末で、その時のわたくしはどんなに救われた気がしたかもしれません。

雪山の孤独と寂寥とを求めてはいって来たとはいえ、暦日のない山の中にはや春が来ようとしているのを感じると、わたくしは心の全部でほっとするのでした。

やがて万山これ鶯という時になります。するとわたくしの心にも、何か新しい安らかさが生れ、わたくしは小屋の窓をあけて季節の移り変りを、できるだけ吸収しようとするのです。

鶯たちはいろいろな鳴き声でさえずります。中にはまだ幼いのがいて、こわごわ稽古《けいこ》しているのが聞え、

「ケキョケ、ケキョケ、ピー、キュッ、キュッ、キュッ」

と、下手な鳴き声を残して飛んで行ったりします。

そうかと思うと、やがて鶯がすんで、次にホトトギスが飛んで来ると、それは頭のうえいっぱいに溢《あふ》れながら、晴れた空を鶏のようにタルミをつけては飛んでゆくのです。

「テッペンカケタカ、ホホホホホ……」

と、それは夜など凄《すご》いばかりにいたましく聞えるかと思うと、時にはその笑い顔が、空の中に見えるように明るく聞えることもありました。

わたくしは次第に解けてゆく雪の中に立って、時々もう一度あの人に逢《あ》いたいと、しみじみ考えているのでした。あの人に、この山の中で見たあらゆるものを告げたい。こんな苦しみと慰めとの中で過した一冬の心のありさまを残さず話したい。

わたくしはそんなことを思いながら、一日一日と次第に去ってゆく冬を思い、春を迎える心に、あわただしく小屋の軒を落ちる雪解《ゆきどけ》の音を聞きつづけるのでした。

いつごろであったか、そんな日のある日、わたくしは村の猟師たちに誘われて、遠い猟場に、一カ月の熊《くま》狩りに出かけてゆきました。

猟師たちの女房や娘たちが見送りにでます。みんながカンジキを穿《は》いて、残雪を踏みながら勇ましく村をあとにして出かけます。鍛えあげた彼らの胸は四角で、足指は扇のようにひろがり、それは一つ一つ地面に吸いつくような形をしています。ターン！　と空にこだまする銃の響き。岩の根であろうが、絶壁であろうが、動物のように獲物《えもの》を見つけて走りだす彼ら――わたくしは彼らと一緒に山の中で寝起きし、幾十日ぶりに、熊を二匹しとめると、揚々として村に帰って来ました。

と、ホトトギスに一足おくれて霧の深い夕方、今度はいかにも長途の旅路に疲れてやって来たというように郭公《かっこう》がものうく、

「カックー、カックー……」

と鳴いて飛んでやって来ます。

間もなく雪の間からぜんまいや、蕨《わらび》が、百本も二百本も束になって出だします。そして山の春は、いよいよ急にやってくるのでした。

雪の解けたあとの山は、草が皆寝て、絨毯《じゅうたん》のようになっています。眼まぐるしい季節の変化は、山藤《やまふじ》、うつぎ、と次々に枯れていた山の木に花を咲かせてゆきます。

夜も月影のかすむことが多く、わたくしは屋根の上にバサッと落ちて来る山鳥に驚かされたり、鼯鼠《むささび》の気配に眼をさまされたり、そうかと思うと、夜目の中に窓の

下の土塊《つちくれ》がモクモクと動くので、じっと見ていると、それが耳の短い山兎であったり、そしてわたくしの生活にも、素朴な変化とやすらぎが、新しく現われてくるのでした。

しかしわたくしはあの人のことを思うと、やはり逢いたく、人間の思想ということが考えられ、あの人とても、どんなにその考え方が変化していないとも限らないと思うと、その心を確かめてみたいという考えが押えがたく起るのでした。

実際、一冬の生活で、わたくしはさすがに待ちきれない感情が起り、たとえ、これから次第に奥へはいって、自分の命を終るとしても、その前にもう一度だけはあの人に逢っておきたい……

わたくしはそう決心すると、飛驒《ひだ》の山中から矢も楯《たて》もたまらず、あの人のうちを眼ざして一直線に下山して行ったのです。

今日まであの人ゆえに、どんなに、わたくしは自分を苦しめ、また自分を励まして来たでしょう。わたくしはその長い生活のありさまを便箋《びんせん》三十枚にしたためると、丁度七年前、三十三歳の時、やっとで捜しあてたあの上原のうちへまた尋ねて行きました。

しかしそのうちには、既に他の人が住んでいたので、わたくしはまた大学に行って聞かなければなりませんでした。

すると杉並のあたりであることがわかり、その足ですぐ、わたくしは新宿からバスに乗るとそこを捜してゆきました。

丁度十月の末で、静かな陽ざしの中を歩いて、わたくしは石段のある文化住宅を見つけました。わたくしは櫨《はじ》が真っ赤に紅葉している門をはいると、勝手口の方へ回ってゆきました。家の横に犬のいない犬小屋がありました。

と、その時、台所にいたあの人は、人の来た気配にふり返って、窓越しにわたくしを見つけるなり、ハッとばかり心に衝撃をうけると、眼を輝かしてつかつかとわたくしの方へ歩みよって来たのです。

わたくしは窓の鉄柵《てつさく》越しに、心とは真反対の沈鬱《ちんうつ》な無表情なお辞儀をして、

「これを」

と言うと用意して来た封筒をさしだしたのです。

それには何もかにも書いてあるはずです。彼女がそれを受取るなり、わたくしは踵《きびす》をかえして帰ろうとしたのです。するとあの人は、この不意の訪れに、そして身

を翻《ひるがえ》してすぐ帰って行こうとするわたくしに、なかば度を失って、追いかけるように、

「今どこにいらっしゃいますの」

と早口に尋ねたのです。

わたくしはそれには答えないで、

「その中に」

と言って彼女が手にしている部厚い封筒に視線をやったのです。すると、彼女もわかったらしくうなずいたので、わたくしはあとも見ずにその家から遠ざかって行ったのです。

あの時、あの人が、追いかけるようにわたくしを呼びとめた時、わたくしはその一瞬、あの人の眼から、紫色の光がサッと輝き出したのを見ました。

しかしその時のあの人の顔からは、既に若さというものが消え、もう四十七のはずの彼女の顔には、赤味がなくなって、青く、二十幾年前、この世を去ったあの人のお母さんの顔そっくりになっていたのです。

わたくしはその時、メルトンの黒い服を着、帽子もかぶらずにいましたが、人通

りのないところにくると、生命の恐怖にさらされながらも、二人とも生きていて逢えたことがうれしく、わたくしは道を歩きながら、男泣きに泣けて来たのです。あの手紙を読めば、あの人もわたくしの心のありさまを知ってくれるにちがいない。わたくしは、はるばるとせつない思いで、山の中から一気に飛んで来た自分を思い、労苦の後の再会に、今は泣けて泣けて仕方がなかったのです。

わたくしはあの人に対して、決して結婚などを求めているのではなかったのです。ただあの人と自由に話したい。それを願うばかりだったのです。しかしあの人に夫がある以上、わたくしはあの人のそばへは自由に行くことさえ許されない。そしてわたくしの場合は、むしろ今日の結婚制度の倫理を越えなければ成立しなくなっていたのです。

さて、それから四五日たって、わたくしは手紙に書いておいた通りに、またあの人のうちに出かけて行ったのです。

着いたのは朝の九時ごろで、その日はあの人だけで、わたくしは表玄関から通されると、奥座敷にはいってゆきました。

しかしわたくしは対座してお辞儀はしたものの、眼をあけることができなかったのです。もう落ちそうなほどに涙がいっぱいたまっていたからです。

「お手紙はようよう拝見いたしましたわ」

とうとうあの人の方から口を開きました。

「…………」

「ご返事書こうと思っていましたけれど」

それから更につづけたのです。

「お目にかかって申上げた方がいいと思いましたので」

彼女の物腰には、かつて上原に訪ねた時の、四十時代の強いあの厳《きび》しかった感じはもうなく、卓を隔てて坐《すわ》っているその姿には、どこやら物柔らかな、激しいものを内側に納めた深さが感じられました。

わたくしはかつて若い日に、この人を抱きました。この人もまた燃えて、わたくしを激しく愛撫《あいぶ》しました。しかし二人はそれ以上ではかつて一度もなかったのです。それでもわたくしたちの心は何物にも比べられないくらい燃えつづけて来ました。

わたくしはしばらくして、やっとでものを言うことができました。

「未亡人の再婚は……」

わたくしは手紙の中に書いてあったことを持ちだしてみたのです。それはもしあの人が未亡人であった場合には、結婚が許されるだろうかという意味だったのです。

「それは認めておりますわ」

「じゃ、女の貞操については」

わたくしはなお前途のことを思って念を押すように尋ねたのです。

「貞操は主観的なものだと思いますけれど」

あの人が静かに落着いて答えました。

それを聞くと、わたくしは非常に救われた気がしたのです。それはあの人の答えとしては、むしろ驚きと更に深い怖《おそ》ろしさを感じさせるほど、前のあの人とは変っていたからです。自己に対して苛《か》酷《こく》すぎるほど厳重なあの人が、そこまで出て来たということには、どんなに長い精神の苦《く》悶《もん》があったろうかと、想像できるからでした。

わたくしはそれをわたくしに対する愛があったからだと考え、長い長い間のあの人の苦しみの果てと考えたのです。それはわたくしの思いすごしばかりではなく、常に戒律の中にいた昔からのあの人を思うと、わたくしには自然にそれが感じられるのでした。

　もっともあの人はもう齢《とし》をとっていました。しかしそれはわたくしにとってはもはや何事でもなかったのです。わたくしは既にあの人の若さを愛していたのではなかったからです。すべて見えるものは、見えないものの崇高を証明するための存在でしかなかったのです。わたくしは何人にもまさって、美しいあの人の精神を、見つづけていたはずです。わたくしは今のあの人の顔の中に、見えないものを見、かつての懐《なつ》かしい日々の全部を見ているのです。そしてそれは幼い時に別れた生母に対する気持のように、ただ逢いたいという願い、傍《かたわ》らにいたいという願い、笑ったり、話したり、昔のことを思いだしたりするだけで、人から見れば、つまらぬことでも、それがどんなにわたくしにとって堪えがたい思慕になっていたかわからなかったのです。

「わたくしはあなたを、どんなに避けたでしょう。でもわたくしのもう一つの心は、いつもそれよりもっと強くあなたをお呼びしていたんですわ」

「ありがとう。あき子さん。僕はそれを聞いてどんなにうれしいかしれません」

「今こそ申上げますが、わたくしはただ妻という母親という名のために堪えました。

夫と子供の責任に齢をとりました」

　それから彼女はあの廉《れん》ちゃんが、もはや大学を卒業して就職していることを言い、彼の結婚のために親としての最後の務めを果したいと言い、また夫に対していつであったか、自分たちのことをちょっと言った時、夫がフンと言ったまま、それっきり、それについては何も言わなかったというようなことなどを話してくれました。

　間もなく台所に御用聞きが来たらしく、あの人は、そっちにゆきましたが、その帰りがけに電話室に入ると、おだまきと卵とじを注文したらしく、座につくと、

「どっちになさる」

と、やさしさの溢《あふ》れた口調でわたくしに尋ねました。

　わたくしは立ってちょっと縁側に出、それからまたもとの座に帰って来たのですが、庭は奇麗に掃除ができ、縁近くに小菊の花が咲いていました。庭をへだてた洋室はここの主人の書斎らしく、窓がとじられたまま、しんとしていました。

　わたくしは彼女の態度の中に、昔のうちとけたものを感じ、こんなことはかつてなかったと思うのでした。

「でも、昔わたくしが愛を告白したばかりに、あなたの生活をご不幸にしたように

思います。わたくしはその心なさを、今となっては、どんなにお詫《わ》びしているかしれません」

しかしそれに対してわたくしは言下に強く反駁《はんばく》して言いました。

「どうしてでしょう。僕は僕のために生きました。喜んでこうして来たんです。一度もあなたを恨んだり憎んだりしたことはありませんでした。僕にはこういう生き方が一等生きがいがあったんですから」

するとしばらくしてからあの人が言いました。

「五年たったら、おいでになっても、ようございますわ」

「本当でしょうか。それは」

それはどういう意味であったのかわかりませんが、わたくしは相好《そうごう》を崩《くず》して反問しました。

わたくしにとっては、もはや五年の年月くらい、今は一カ月ほどのことでもなかったからです。

「これは思いもよらぬもうけものですね」

わたくしはもう一度そう言いました。

それからあの人は、百歳に近い老師が、このごろ一度みえて、話をして帰ったという話をしたり、初めてあの人がわたくしに貸してくれた小説のことを言い、あの中に出てくるアンナが、夫や子供を残して自殺したことを、自分などよりどんなに幸福であったかしれないといってみたりするのでした。

わたくしはそういう話を聞きながら、ふと壁にかかっている短冊《たんざく》に歌の好きなあの人が、誰の歌か次のように書いているのを読みました。

夢さめむ後の世までの思ひ出に語るばかりも澄める月かな

初めは緊張していましたが、間もなくわたくしたちの間には、楽しい親和の心が流れだしました。しかし二時になると、帰ろうとしてわたくしは立ちあがったのです。

その時、一切の感情を押しのけて、わたくしたちは急に抱きあおうとして近よりました。しかしそのままわたくしたちは深くお辞儀をすると、再び冷静に別れて行ったのです。

第六章

わたくしは半ば死の決心の後におりた秋山の峠を、今度はまるで変った気持でのぼって行きました。その時もなおわたくしの心に一抹《いちまつ》の悲しみがなかったとはいえませんが、わたくしの心には、何か前途に対する希望のようなものが明るく湧《わ》いているのを感じました。

東海道線を岐阜で乗りかえ、高山線で古川にでて、そこからバスにゆられ、さらに草の中を五里歩くと、再び寂しい山の中に帰ってゆきました。

山に帰ると、わたくしは寒い時、暑い時、毎日のように仰ぎみては自分の慰めとしていた、同時に長年の願いでもあった薬師ヶ岳に登ろうと考えだしたのです。

それはもうここを引きあげようという気持が、どこかにきざしていたからで、それに北アルプスの峰々は大抵のぼっているのに、この峰だけ未《いま》だに極《きわ》めずにいたからです。

わたくしはかつて針の木のてっぺんから見た薬師が、立山《たてやま》や、剣《つるぎ》などのように突っ立たず、ゆったりと、牛が寝ているように、いかにも大岳らしく、奥ふかく豊かな形をしていたのを覚えています。しかも双眼鏡でみると、それは何ともいえぬ赤い岩肌をして鋸《のこぎり》の歯のように連なっていたのです。

わたくしは翌年の春、薬師ヶ岳に登ることを考えながら、何かすべてが果されようとしているという気持を感じたのです。

しかし第一回の縦走は、黒部五郎岳のあたりで激しい雨にはばまれて三俣蓮華《みつまたれんげ》の小屋にやっと逃げこみ、第二回目は立山温泉から入り、真川《まがわ》を渡渉して岩井谷をつめていったのですが、半日渡渉ばかりつづけたので、しまいには足がふやけて爪《つめ》を痛めるという始末になりました。

そしてやっと三度目に、大多和峠からいったん有峰《ありみね》に入り、小畑尾峠に出、そこから登ってこれに成功することができたのです。その時は親しい猟師頭《がしら》の西を案内役にたのみ、二人とも鉄砲をかつぎ、長い鳶口《とびぐち》を持ち、もちろん犬もつれているという格好だったのです。

かつて二三日いた懐《なつ》かしい有峰の盆地に着くと、そこにはまだ雪が三四尺も残っているというありさまで、わたくしたちは冷たい川を渡り、ようやく明けてゆく急な山路を登ってゆくのでした。

すると、時々か細い鳥の声が聞え、それは、ピーピーピー……と陰にこもった断腸の思いをさせるほど痛ましく耳につくのでした。

「何だね、あれは」

「無縁鳥《むえんどり》とゆうます」

わたくしたちは小屋で休み幾つかの尾根をこえ、やっと乗越《のっこし》に出ました。犬が先にゆくと、白い雷鳥が雪の中から時々バタバタと飛び立って逃げます。やがて風の強い雪の残っている岩場に出ましたが、心臓の強いわたくしは動悸《どうき》もせず、耳鳴りもせず、間もなく宿望の頂上に立つことができたのです。

わたくしの心には何か明るいものがありました。もし四年後にあの人に逢《あ》えたら、わたくしはこの薬師ヶ岳を極めた話もしなければならない。そこからは北側に立山や剣《つるぎ》や大日《だいにち》や、それらの間にある弥陀《みだ》ヶ原や五色ヶ原などがつづいて見えました。

案内の西はとみると、彼は風に吹かれながら、岩にかこまれたそこにある一間と半間ぐらいの祠《ほこら》の前にぬかずいて、柏手《かしわで》をうちながら朴訥《ぼくとつ》に何事かを祈っています。

わたくしたちは身のひきしまるような、冷たい雪の山上の風に吹かれながら、露出している赤い岩の上にしばらく立っていましたが、やがて祠の後ろに回りました。そしてそこの雪の凹《くぼ》みに風を避けていると、東側の大きいカールを越えて、はるか遠くの下に、黒部川の上廊下《かみのろうか》が想像せられ、もちろん水は見えなかったけれども、その谷音が手にとるように上へ聞えてくるのを聞きました。それはまさに天の旋律のようにわたくしの心を魅了しました。

わたくしはかつて登った峰々の方を指《さ》しながら、いつまでも尽きない思いにとらわれていました。それは何ともいえず豪壮で、奥ふかいところへ来たという感じでした。立っていると、いつの間にか自分のいるところが、この地上の果てのように思われ、わたくしの心には、さらに人間以外の他の世界というものが考えられ、わたくしたちは決してこの現実の世界だけの労苦を思うべきではないと考えるのでした。

「おりられるけ」

西がしばらくして言いました。

「そうだな」

「そんなら、棒辷《すべ》りでいくましょか」

二人は棒辷《グリセード》というやつで、後ろに鳶口をささえると、掛け声をかけるなり、五六十度の傾斜の雪の山肌を前のめりになって、一気に辷りだしたのです。

それはまるで逆立《さかだ》ちになりそうな姿勢で、眼が回りそうになるほど壮絶この上ない速力に身をゆだね、二人は前後になりながら、山腹をつっ走りだしたのです。

その冬もわたくしは長い雪の季節を、その同じ小屋ですごしました。しかし身体の底まで、しみ通るような寒さの中にいても、それが彼女を忍ぶ自分の心のせつなさのためと思うと、わたくしにはもはや何でもなかったのです。

しかしふとして心に浮ぶことは、やはりあの人が、もしかして死にはしないかという不安でありました。

わたくしたちは熱愛という言葉を知っています。だが考えてみると、実際にはまだそれを知らぬような気がして来たのです。わたくしたちはこの地上に生れて来て、愛についての空虚な言葉の幾つかを覚えてしまいます。しかし実際はそんなことは何も知らぬのだと思います。わたくしたちは愛しました。しかし二人で疲れはてるほど抱きあったことも愛しあったことも決してなかったのです。そしてわたくししたちはたったあの人が七つ歳上《としうえ》であったことのために、こんな運命の状態におかれているのだと思いました。

あの人は幾度かそのことを言いました、もし「わたくしたちがもっと早く逢ったら」と。そのためにはあの人はもっとあとから生れてくればよかったのです……

しかし考えてみれば、人間として、この世に生れて来たことの寂しさの中にあって、あの人に逢えたということは、それだけでもわたくしにはありがたく、たとえようのない喜びに思われたのです。

世間には生れて来て、そういう人にかつて生涯一度も逢わなかった人もたくさんいる。むしろ多くの人は、大抵そうであるかもしれない……

そう思うと、自分の運命など決して不幸どころではないと思われたのです。むしろわたくしは今までの神の意志に対して感謝しなければならない……

わたくしは翌年の春、山をおりました。喧騒《けんそう》の地上が懐かしく、そこであの人を待とうと考えたのです。しかしわたくしはもはや金を使い果してしまっていたし、どうやら生きてゆくだけの収入を剣道の指南によって得ようと考えたのです。私は山上の困苦に疲れはて、今はなだらかな気持で逢える日を待とうと考えたのです。

間もなく、あの人と約束した楽しい五年目が近づこうとしていました。わたくしの心はそれがどういう運命の決定を与えるかわからなかったけれども、わたくしはその日のみを目標にして毎日毎日をすごしていたのです。

わたくしは初めに、このあたりから話を初めたかと思います。これからお話しする最後を、初めから申上げることは、余りにたえられなかったからです。

わたくしは四十五になっていました。もうあと一カ月で丁度五年目のあの日が来ようとしていたのです。そしていよいよあと一日であの人に逢えるという前日。

何かの手紙が、もう来るか、もう来るか、と待っていると、わたくしはあの人の筆で、それもあの人が末期《まつご》の思いで書いた悲しい手紙を受取ったのです。

弱いわたくしが病気しながらも、お約束の日の前日まで生きたことをほめて下さいませ。わたくしの心は、地上では果せませんでした。でも、どうぞ、このわたくしをお許し下さいませ。わたくしはこれだけの手紙を、どんなに長い間、書いたり消したりしてこしらえましたでしょう。

わたくしはその手紙を——読みちがいではないかと、いそがしく三度繰り返して読み、もはやそれが動かしがたい死の予告であるのに気付くと、失心したように身体を床にぶっつけて倒れたのです。ああわたくしは泣いても泣いても、泣ききれない悲しみに突き落されたのです。

この不思議な結末を、あんなに求めつづけていた人と、ついに逢えなかったこのあわれな男の生涯の運命を、どうぞ想像して下さい。わたくしはすぐあの人のうちへ駆けつけました。しかしわたくしはそこであの人の死をハッキリと確かめただけでした。

考えてみると、わたくしは生涯の間、男と生れて来て、本当に何もしませんでした。言ってみれば、一生を棒にふったのです。功利の世に生れて来て、そこに生きる術《すべ》を知らず、自ら自分を破壊に陥《おと》し入れたのです。おそらく世界一の愚かな男にすぎなかったのです。

だが、たった一つ、心をこめて、本当にあの人を愛しつづけたということだけは、少しの不安もなしに言いきれます。すべてを捧《ささ》げて、心の限りで、思いの悉《ことごと》くをつくして、あらゆるものを顧みないで……本当にあの人だけは愛しつづけました。

どんな困苦も、どんな寂寥《せきりょう》も、あのひとのためと思えば、わたくしには何でもなかったのです。しかしそんなに思いつづけていた人を、今わたくしはこの地上から、見失ってしまったのです。

わたくしは泣いて泣いて、眼がつぶれそうに思われました。しかし二十三年の間に、わたくしは何か心の苦悶《くもん》のあとに、地上における愛情のはかなさを、既に理解していたのです。わたくしの心にはもはや、なにかの用意があったようにも思われます。

このあわれな男の話を、この狂熱の誤謬《ごびゅう》に似た生涯を、どうぞ笑って下さい。

それでもわたくしは今、たった一つ、天の国にいるあの人に、消息する方法を見つけたのです。それはすぐ消える、あの夏の夜の花火をあの人のいる天に向って打ちあげることです。悲しい夜々《よるよる》、わたくしは空を見ながら、ふとそれを思いついたのです。

好きだったのか、嫌《きら》いだったのか、今は聞くすべもないけれど、若々しい手に、あの人がかつて摘んだ夕顔の花を、青く暗い夜空に向って華《はな》やかな花火として打ちあげたいのです。

わたくしは一夜、狂気したわたくしの喜びのために、花火師と一緒に野原の中に立ったのです。やがて、それは耳を聾《ろう》する炸裂《さくれつ》の音と一緒に、夢のようにはかなく、一瞬の花を開いて、空の中に消えてゆきました。

しかしそれが消えた時、わたくしは天にいるあの人が、それを摘みとったのだと考えて、今はそれをさえ自分の喜びとするのです。

解説

保田与重郎

『天の夕顔』は中河与一の代表作の一つと世上に認められ、作者自身もそのように考えているようである。昭和十三年に発表され、以来大東亜戦争中から戦後にわたって、おおよそ四十五万部を出したというから、その読者の数からいっても、またその作が喜ばれてきた歳月の久しい持続からいっても、近来文壇において珍しい作品の一つである。

しかるに、この小説が雑誌に発表された当時、ほとんど文壇からは黙殺された、と作者は言っている。私も発表当時のこの事実を覚えている。

作者の中河与一は、『文芸春秋』の初期の同人として、横光利一《よこみつ》、川端康成《やすなり》と並んで世に称《とな》えられた。大正十二年『文芸春秋』がはじめて小説欄を設けた時、この三人はおのおの小説を発表した。『天の夕顔』発表時より、十数年以前のことである。だから、昭和十三年に中河与一が自作について、黙殺されたと言っていることは、尋常作家の処女作が黙殺されたというような事情と異なるものがあるわけである。

その事情を明らかにすることは、今日の読者に不要かもしれない。この小説を喜んだ多くの若い人々、そうして今も止《とど》まることを知らない読者の、若者の心持を信じるなら、そういう文壇的俗事に触れる必要はないとも思われる。そうした仕組みへの反撥《はんぱつ》の絶対的な事実を、『天の夕顔』の流布《るふ》が示していると見られるからである。しかしその頃、そして今も、文壇が作っている文学と小説と小説家についての考え方とそのジャーナリズムと、日本の若い読者の考えの間には懸隔があるという事実については考えておいてもよいと思う。そうした文壇の影響圏は僅少《きんしょう》であるが、彼らの世俗上では絶対的なもののように見られている。この『天の夕顔』という作品は、そういう文壇のからくりに対し、本質的な、根本的な、文学上の抵抗を示したものであり、挑戦を実践している。しかし主観的にそうであったということだけでは――それはそれだけとしても精神の見地から十分の尊敬に耐えるものだが、なお独断自尊の嫌《きら》いがあると評されるかもしれない。しかしこの作品の場合は、読者の自主的な愛好心が、明確に一つの文学と詩人に加担するという事実を、広範に、かつ長年月にわたって証しているのである。

わが国の多くの浪漫的な作家が、その才能をいわゆる大衆小説の分野へうつし、時に従って才能の堕落を伴ったのは、悲しむべきことでもあるが、『天の夕顔』は、そういう危険な崖《がけ》の手前で踏み止り、そういう危機に耐えて、典雅な小説をなした。その簡潔な文章は、作者の自覚した自衛の発露というべきであろう。

最も浪漫的な才能が文壇を離れるということは、日本の文化のために悲しむべき現象であり、それが戦前と戦後の文壇の実状であった。浪漫的で、空想的な、文学上の資質の多くが、大衆文芸の方へおもむいた。しかし文学的天稟《てんぴん》が、文壇よりもさらに広い近代的経済機構をもつ通俗文学の市場組織の中に安住しうるはずがない。そこで天稟から堕落して俗な売文家となりうるものは、元来そうした市民的俗物気質の所有者だったかもしれぬ。

『天の夕顔』を俗な小説と分っている原因は作者の内部の思想にあった。このことは戦後に出た同じ著者の『悲劇の季節』において一段と明瞭《めいりよう》であり、作家の文学者としての円熟を実証した作品であったが、この戦後の名作についても、わが文壇的時評家は一言する術《すべ》を知らなかったようである。

『天の夕顔』発表時に、文壇がこの一編を黙殺したということは、単にこの一作品に止らず作者とその文学の考え方、ひいては、この作品の目ざしている文学の方向を黙殺しようとしたものであった。文壇の実状は、作者のこの一編のみを黙殺したのではなかったのである。

　ところがこの作品が上梓《じょうし》されると、たちまちに当時の青年子女の間を風靡《ふうび》し、その状態は二十年間にわたり、今日においても衰えを見せない。最近はこれがフランス語にうつされ、それによって海外各国から、その翻訳の権利を求めて来たもの二、三に止らぬという。フランスにおいて、この小説は世界の果ての国の異色ある作品として受入れられたとはいえ、フランソワ・ギヤールやアルベール・カミユなど、わが国にも知られている著名の文人が、この一編のため讃辞《さんじ》を惜しまなかったことは、近来わが文学上において珍しい事実である。

　この作品の発表当時、時の文壇はこぞって無視したといったが、永井荷風のごとき老文人は、いち早くこれを激賞し、徳富蘇峰《そほう》もこれを推賞し、さらに与謝野晶子《よさのあきこ》、潁原《えばら》退蔵、久松潜一などがこれをほめた。与謝野夫人と潁原博士は、私も親しく愛顧をうけた人々であって、私にはこの人々の推賞の心持は十分に理解できるのである。つまり『天の夕顔』という作品は、当時のいわゆる文壇に容《い》れられず、その代りに、学芸において円熟した人々に歓迎され、同時に当時の若い子女に愛読されたのである。これが『天の夕顔』という作品のもつ一つの意味である。しかしこれらの円熟した文人の推薦が、本書を流布させたということは、ほとんど考えられない。荷風はその頃において、ほとんど小説をしるさず、その名は決して通俗的でなかった。与謝野夫人の場合は、時の歌壇において、その希代の天才を黙殺されるという環境にいたのである。しかしそれは黙殺という雄々しい行為でなく、真実はその本態を理解し得なかったのであろう。そうして、夫人の歌風に共感する者さえ、当時の盲目の群衆の暴勢に押されて、卑怯《ひきよう》に已《おの》れを守っていたのである。

これらの人々の推賞の辞は多少の影響を読書界に与えたであろうが、『天の夕顔』は自身の存在によって、当時の若い優雅な人々を風靡し、戦争中の若い人々、恋愛を思いあるいは行なっている年ごろの人々に愛されたのである。私はこれが教養と趣味の円熟した人々と、軍国の青春の花ざかりにいる人々とに、同時に喜ばれたことに、深い興味を感じた。

戦後の青年少女が、なおかつこの小説のストイックな恋愛の情緒を喜んでいるという事実は、フランス文壇の有力な批評家がこれを讃《たた》えたということ以上に興味ふかいことである。そうしてこの小説の愛の情緒と恋愛の思想と人生の態度を喜び、この小説の中の人々の愛に対する節度と宗教的な態度に共感する若い人々が多いという事実に、私は一つの安堵《あんど》感を今日と次代に対していだくほどである。かりに百人の信奉者に守られた十人の真の文人があれば、一国の学芸はよりどころを示し、文士は安住感をいだきうるのである。私の見るところ、この安堵感は誤りなく、自信もまた確立している。しかし『天の夕顔』をもって、私は自分の安堵感の現証とするばかりでなく、この小説をさらにひろく世の青年子女にすすめ、また母や父兄がその子女にすすめるのが実に正しいということを言いたいのである。この小説は人間の文化が最もけだかく美しいものを念願していた時代と人々のおもいを伝え、その時代と人々にあった愛の情緒と思想を、一つの行儀作法や躾《しつけ》として次の代の子女に教えるからである。

今日における浪漫主義の文学の見識は、共産主義とアメリカニズムを排斥するところにある。それはあながち我々日本人の浪漫主義特有の思想でなく、世界に共通する保守的文学は、人間性の美しさ、理想の情緒、魂と道徳と愛の権威を樹立し、献身と宗教的自己制御の感情を尊ぶ点で、人間を機械化する今日の二つの傾向と機構に反対するのである。だから浪漫主義は、文学上の右翼と考えられ、また自らも称してはばからなかった。しかるにわが国においては、この人間の立場を自覚して守る浪漫主義の文芸も、学芸上の保守も右翼も存在していない。この我々の国の歪《ゆが》んだ文明機構は、国の文明の未熟の証《あかし》であろうか、またはわが国の特殊な文明の状態であろうか。この問題は、わが国の濃厚な文明が国民生活のどこに生息しているかを見るとき、即座に氷解する程度の問題である。文芸の皮相な流行と、わが国民生活の濃厚な美観や趣味は少しも合致していない。わが国の濃厚な生活文化と、今のいわゆる文壇やその作品とは別個である。

人間を機械化し、ものごとを――恋愛さえ簡便に事務的に解決して満足であるということは、極端な人間性の衰退であり、合理主義や実用主義とも無関係である。人間の愛情とか良心とか煩悶《はんもん》とか悔いといったものは、かつて十九世紀文芸の主題であったが、今日のわが国の文学のどこに、十九世紀の大作家らの発見して教えた愛情や恋愛の高さとその作法を豊かに述べた文芸があるか。それらの文芸を知らないということは不幸であり、またそういう時代は人間性喪失の危険をもつ。そういう不幸と危険から若者を防ぐべく、十九世紀文芸の理想と回復と維持をはかり、今日のアメリカニズムと共産主義による人間の機械奴隷化《どれいか》から、人間性を守るという考え方が、今日の文明世界における保守の立場であり、右翼といわれる立場である。

近代の人間の自覚は、十九世紀文学の教えたものであり、恋愛の文学が、その教典であった。これが近代における『ウェルテル』の意味であって、政治や因習に対する反抗という反動的行動を原因としないところの、本質上のけだかい人間の観念が、その人間自覚の原因となっている。旧習によって恋愛が阻害され、それを打破する行為によって、人間性の革命的自覚が生れる、という類《たぐ》いの軽薄な方程式は『ウェルテル』にも無関係であるが、『天の夕顔』においても用をなさない。文学とはそうした通俗的軽薄さの上に成立しないものである。

もっとも日本ならびにアジアの道徳的立場は、西欧風十九世紀の考え方やその人間観とは異なっているが、十九世紀の偉大な文学者、たとえば、ゲーテやトルストイなどにおいては、アジア的なものへの接近と、共通の事実さえ見られる。十九世紀の精神は、革命という観念によって人間を最大限に自由化しようとした。偉大な文学者はその方向を、究極において魂の方に見た。しかし世俗は物欲の無限な拡大へと向い、ここから人間の完全な機械化の方向をたどるという結果が生じた。この人間を機械奴隷化する政治的工作を、二十世紀の人々は、やはり革命とよんでいる。しかしこのことはヨーロッパ中世への復帰——しかも地方的な最もグロテスクな奴隷生活への復帰——で、このことを共産党の方では、今日革命とよんでいるのである。

我々はこの十九世紀文学精神の現在における状態と『天の夕顔』のもつ一般的な文学観念を対比することができる。ここに描かれているような形と思いで、恋愛や愛の思想を描いた文学は、今日の文壇にも通俗小説界にもない。それゆえ、この小説の読者で、世俗に対して純真な観察のできる稚《おさな》い人々は、作者が「思想」という語で時々言っているところに対した時には、この「思想」という言葉を、今日一般の用法で考えないで、すなおに作品とロマンスの内部に立入り、主人公の運命に参入した上で考えることを希望する。

荷風がはじめこの小説をほめた時、これをゲーテの『ウェルテル』に比較し、『天の夕顔』の主人公が、種々の武芸にさえ通じた青年であることを、特によろこんでいる。こうしたロマンスをよろこぶ小説の読み方は、十九世紀以来の正統的な読書法である。与謝野夫人も、その青年が「剣道にもよほど秀《すぐ》れた腕があるらしい」のが、凡でないとほめている。荷風の小説の読み方と与謝野夫人の読み方は共通している。これが正統的な読み方であって、ロマンスを小説の源泉と考えるのである。この両家は、一は国史上にも希有《けう》な女流詩人であり、荷風もまた、明治新詩の建設者の一人として、その詩業に歴史的な意味をもった人である。二十世紀風な短編小説と心理文学の教唆《きょうさ》者であることも同様であった。そういう人が正風と正統をつねに保持しようとする保守の人となるのであろう。『文芸時代』から始まった新感覚派という文芸運動は、わが国におけるアメリカニズム的モダニズムの開始となったものであるにもかかわらず、横光も川端も、中河も、皆とりどりに極《きわ》めて日本的な文芸の思想と趣味をいだくようになった。このうちで最もハイカラそうに見えた中河が、やがて最も正統的なロマンス文学をしるそうという方向に向ったことは、興味ふかい。

ロマンチシズム文芸の本源には、十八世紀社交界以来の伝統観念がある。すなわち物語の主人公は、つねにスポーツと狩猟と武技に手練の美青年であり、ダンスが上手で、礼儀正しく、詩歌に巧みでなければならない。さらに献身と敬虔《けいけん》を、愛情の日常として考えていて行う勇気のある若者である。この敬虔と献身が、のちにフランスなどのロマンチシズム文学の身上となる。しかしこうした言い方から軽薄でハイカラできざな青年紳士を想像する人もあろう。そういう人々のために、わが国の古い理想だった文武両道の達人という言葉をあげておこう。東西軌を一にするものである。この「文」は時代によって多少異なるが、封建の後期においては、和歌、漢詩、南画の三技に通じた趣味を言った。単に孔孟《こうもう》の教えだけを旨《むね》としていたわけでない。

十八世紀風なヨーロッパ宮廷やその周囲の青年貴族が、皆こういう恋愛をしていたというわけでないのはもちろんである。彼らの恋愛の理想と思想がここにあり、それが文学の思想であり、それにもとづいてロマンスを主題とする文学が生れたという意味である。「十九世紀」の原因にはこの気持が有力なのだ。

若い読者は、谷崎潤一郎の『吉野《よしの》葛《くず》』という小説の冒頭で、作者が描きたいと思った小説のテーマについてしるしているところに注意するとよい。想像力にとんだ小説家の野心というべきものである。『吉野葛』は名作であるが、作家が真に描きたい小説の構想を弄《ろう》する間の随想ともいうべき文章である。いうならば小説以前のものである。しかし、純文学という名で文壇で行われた、特殊な市民生活の平凡な事実を描写した文章などは、小説以前にも当らぬものが大多数である。

『天の夕顔』の発表直後、荷風は作者に与えた書簡の中で「我日本の文壇も夕顔の一篇を得てギョーテのウエルテル、ミュッセの世紀の児の告白、この二篇に匹敵すべき名篇を得た心地致《いた》し候《そうろう》」と言っている。『天の夕顔』を『ウェルテル』に比較することは不当でない。そしてドイツの批評家たちが、『ウェルテル』からひき出した、人生と歴史と思想と愛と心理にわたる問題を、『天の夕顔』からひき出すことも可能である。私もまた、この作品を語るについて、らちもない文壇論などにかかわる代りに、史的な見地をふくめて、そうした作品解釈をした方が、はるかに有意義だったかもしれないと思う。しかし『ウェルテル』に比較したり、『ウェルテル』に対したドイツの文芸学者らの設問をここで検討して、この小説の読み方を明示する代りに、私は文壇批評をしてしまったのである。文壇論は結局文明批評である。そして私は、今日の社会がなお、文明批評によって正統文芸の道をつけるような状態にある事実を知っている。

与謝野夫人はこの作品の評の中で、心と心とで堅く抱き合った二人の恋人が、いつも一歩手前で辛くも踏止《ふみとどま》る痛々しい姿が忘れられぬと述べ、それは恋人らの「聡明《そうめい》」のゆえであるとした。しかしこの痛々しい恋愛を、どのように考えることも、読者の自由である。青年はこんな恋をしながら、しばらくの間だが、平凡な少女と普通の結婚をしている、女の方もやがて夫と共にくらすこととなる。ここで「恋愛」は現実の男女関係と関係がないように描かれている。そうした意味でも、結末の不自然は、自然というべきであろう。しかしこういう問題について、私は少しも断定しない。それは読者が、自身で問題を作り自分で考えるとよいことだし、その考えを己れの人生の上に活用できるかどうかということも、その設問と考え方の自主性の如何《いかん》によって定まることである。

だから、読者が作中人物の行為に何かの疑惑をもったとしても、それは少しもかまわない。ただその場合に注意すべきことは、作者の叙述と志向の純潔性である。作中人物への想像力の活用は作者から離れてもよいが、そのために作者の態度を見失うことは正しい読み方でない。同時に、作中人物の運命や思想や態度に思いをいたし、これを想像して、批評することは、ロマンスや小説の読者の一つの積極的な読み方である。例えば、第一章の終りの男が女のまえで手紙を裂く場面などにしても、作者はそれがどういう意味かということを少しも言っていない。そこで問題を作って、自身で考えることは読者の自由である。主人公の運命と思想を、すべて作者に任せきりにするような読書は、低級な読者のすることとである。またそういう読者だけを対象として文学をつくる者は、まったく通俗的で無用な文学の作者である。

第二章に出てくる医学者の過失の死について「人は何によって死ぬよりも、その心の影に愛情があったと思われることほどいたましいことはありません」とあって、つづいて女と抱き合う描写があるが、その時女の「単衣《ひとえ》の着物が、痛いほどコワかった」のを今でもおぼえていると男は語っている。この悲劇は象徴的である。悲劇はすでにここでもう決定しているのである。それを解くのは読者の側である。なおそれにつづいた川を渡る場面で、男が女のさし出すハンカチを拒むところも、終末の悲しさを思わせる。小説の読者は、主人公の運命に対して感情と理性を移入して小説を読むということを恥じる必要はない。そういう読み方を軽蔑《けいべつ》する人は小説などを止《よ》した方がよい。そうした現実主義者が多くなってから、文学のリアリズムがあらぬ方へ歪《ゆが》んでしまったのである。

第三章では青年が、ある平凡な少女と結婚するところを叙しているが、青年はその少女について、川のせせらぎのように、聞いても聞かぬでもよい、自然の音楽のようだと言い、その恋人のあり方と区別だてている。ここはあるいは決定的といってもよいような結末になりかねない、問題のあるところである。しかし作者はこの少女のふりを、一行くらいの文句で巧みに可憐《かれん》に愛らしくうつしている。それも問題のいとぐちとなる。

第四章では、「わたくし無理をすまいと思っているんですわ」に注意を向けたい。また「母親としての彼女を……」に、「結論せられた心の交通さえが」に、それから「あれほどの恥辱と苦痛」に、これらに注意を向けて問題とするのもよい。

こうした読み方によって、読書を豊かにするとともに、人生の決意と教養の趣味を高める契機を見いだすことがある。だれでもこうした読書法を多少はしているものである。そしてこの種の読書の態度は、一切を作者によって教えてもらうという態度でなく、自らを啓発する態度である。自ら啓発する態度をとれば、無法な強制を受けることなく、強制を判別し、反抗と無抵抗主義の真姿を悟ることができる。

ここにあげた二三例は、特に選択して、問題としてあげたわけでなく、読み方の解説のためにひいた一例にすぎない。そして私が、問題を提出し、感想も批評も解決も加えなかったのは、私の不親切や怠惰のためでなく、読者に束縛や先入感を与えずに、ただ問題のあり方とたて方を言い——小説の読み方を啓発する一助としたい考えからである。

与謝野夫人はその批評の中で「眉《まゆ》と眼の間の近い、頬の線の細いその女主人公の顔は、私にはロゼチの描く女が思はれた」と言う。六甲山の下、大阪の灯の見える海湾、草深い東京西郊などの描写をよろこび、飛驒《ひだ》山中の雪中の小屋、遅れてくるその地の春の描写を「何とも言へずすぐれて美しい」とほめている。古い小説の愛好者は、翻訳小説などでは、異国の風景描写を暗《そら》んじたものである。

なおフランソワ・ギャールは、この二人の恋愛を、「より多く尊敬するためにお互いの愛情を拒んだ」ものと解したようである。しかしそのどのゆき方が、無理というものであろうか。これは読者に託しておく問題である。ギャールはさらに、この作品によって、日本人の英雄主義の幾らかの秘密をのぞいたと言い、「人々はこの非人間的ともいえる純粋性に恐れを抱《いだ》くかもしれない……女が宗教家的態度をとり、男が恋人の態度をとり、それに徹底してゆくという主義の偉大さはなかなかわかりにくいかもしれぬ」しかし「自身を越え、さらに現世を越えてゆく殉教者的価値に我々は同情し、それを讃《ほ》めたたえる」と言って、魂の不滅の思想を述べ、作者については「我々を主人公の足跡と共に氷で閉ざされた山頂へ力強くひっぱってゆく著者に尊敬をはらう」とその強い筆力を賞讃《しょうさん》し、この美しい物語のもっている詩趣を解したと述べている。カミユがこの小説を「毅然《きぜん》としてしかもつつしみ深い」と評し、この美しいロマンスは、作者の「技巧の簡潔さによって含蓄をもって生きている」と言い、作者の簡潔な筆をたたえたのは、多少日本人の観照を示唆《しさ》するものがある。西洋人が節度と簡潔を見たところは、我々が、濃厚と執拗《しつよう》を見たところとどのように結びつくものであろうか。変質者を思わせるほどな濃厚と執拗を基調とした物語でなければ、西洋ではロマンスの名に価《あたい》しないということであろう。この作品はめずらしくも濃厚執拗なロマンスであり、それが美しく描き出されたのは、作者が王朝的な唯美《ゆいび》精神を理解した成果である。王朝文芸の系統をひく今の上方《かみがた》文化も、その意味で濃厚執拗なものである。海外の評家が、このロマンスの小説化の成功の原因を、作者の毅然としたつつしみと、簡潔で節度ある文体に見たのは当っているのである。濃厚な内容を淡々と現わすことが、文芸の目標である。

（昭和二十九年五月、文芸評論家）

〔編集部注〕本作品は、アルベール・カミュ、柳田国男によって推称せられ、英、米、仏、独、中国、スペインなど六か国語に翻訳された。